Andersen, Memory of Sentences

안데르센, 잔혹동화 속 문장의 기억

원작: 한스 크리스티안 안데르센, Hans Christian Andersen

1805년 덴마크에서 가난한 구두 수선공의 아들로 태어났다. 부족한 정규 교육으로 인해 연극배우라는 꿈을 이루지 못하고, 후원을 받아 뒤늦게 학교에 들어간다. 학교를 성공적으로 마치지는 못했지만 1835년 《즉흥 시인》이라는 소설을 발표해 성공을 거두며 많은 찬사를 받는다. 이후로는 꾸준히 동화 작품집을 발표했다. 초기에는 혹평을 받았지만, 이후 폭발적 인기를 누리며 덴마크 최고의 동화작가가 되었다.

가난한 환경, 외모 콤플렉스, 양성애적 애정 문제 등 그가 겪는 모든 고통을 동화 속에 그려내고 있다. 1875년 사망했는데, 덴마크 국왕도 그의 장례식에 참석해 추모할 정도로 큰 사랑을 받았다.

엮음/편역: 박예진

북 큐레이터, 고전문학 번역가

고전문학의 아름다운 파동을 느끼게 만드는 고전문학 번역가이자 작가이다. 또한, 문학의 원문을 직접 읽으며 꽃을 따오듯 아름다운 문장들을 수집하는 북 큐레이터이기도 하다. 문체의 미학과 표현의 풍부함이 담긴 수많은 원문 문장들을 인문학적 해석과 함께 소개해 독자들이 영감을 받는 것에 만족을 느낀다.

문학작품을 통한 인문학적 통찰과 자아 알아차림(self_awareness)을 위한 "문장의 기억 시리즈"를 집필 중에 있다.

series 1: 버지니아 울프, 문장의 기억

series 2: 안데르센, 잔혹동화 속 문장의 기억

Andersen,
Memory of Sentences

안데르센, 잔혹동화 속 문장의 기억

선과 악, 현실과 동화를 넘나드는 인간 본성

*Memory of Sentences
Series 2*

인생 그 자체가 가장 훌륭한 동화이다

Hans Christian Andersen

출처: Wikipedia

안데르센 동화 모음집(1909)

『돼지치기 왕자』(1899)

출처: New York Public Library

『마쉬왕의 딸』 초판본 삽화(1899)

The Marsh King's Daughter.

The storks have a great many stories, which they tell their little ones, all about the bogs and the marshes. They suit them to their ages and capacity. The youngest ones are quite satisfied with "Kribble krabble," or some such nonsense; but the older ones want something with more meaning in it, or at any rate something about the family. We all know one of the two oldest and longest tales which have been kept up among the storks; the one about Moses, who was placed by his mother on the waters of the Nile, and found there by the king's daughter. How she brought him up and how he became a great man, whose burial place nobody to this day knows. This is all common knowledge.

The other story is not known yet, because the storks have kept it among themselves. It has been handed on from one mother stork to another for more than a thousand years, and each succeeding mother has told it better and better, till we now tell it best of all.

The first pair of storks who told it, and who actually lived it, had their summer quarters on the roof of the Viking's timbered house up by "Vildmosen" (the Wild

『작은 클로스와 큰 클로스』 초판본 삽화(1899)

『길동무』초판본 삽화(1899)

"You really make me very unhappy; I take these things to heart so very much."

사랑 앞에선 늘 아이였지만,
현실과 동화의 경계에 서 있었던 안데르센

　이 책은 우리가 사랑하는 동화 작가, 안데르센의 문장을 담고 있습니다. 그는 비록 세상을 떠났지만, 후대에도 꾸준히 읽히는 아름답고 의미 있는 문장들을 남겼습니다. 우리는 동화 속에 담긴 문장을 읽으며 어떤 때는 애절한 사랑 이야기를, 어떤 때는 세상을 바라보는 그의 시선을 느낄 수 있습니다.

　특히, 안데르센의 동화에는 다양한 형태의 사랑이 담겨 있습니다. 기쁘고 행복한 사랑부터 슬프고 아픈 사랑까지, 우리를 웃고 울게 만드는 생경한 사랑이라는 감정이 가득합니다. 그가 이토록 깊은 사랑의 형태를 동화에 담을 수 있었던 것은 안데르센 또한 사랑하는 사람 앞에서 아이처럼 서툴렀기 때문입니다. 안데르센은 남성과 여성 모두를 사랑했지만, 평생 누군가와 연인이 되거나 결혼하지 않고 독신으로 산 것으로 알려져 있습니다.

그의 일기에는 평생 타인과 깊은 관계를 맺지 않겠다는 다짐이 쓰여 있기도 했는데, 젊은 시절 짝사랑했던 리보르그 보이트에게 거절당한 충격 때문으로 보입니다. 그는 리보르그에게 긴 편지를 써 마음을 전했지만 그에게 온 답장에는 그의 마음을 거절한다는 내용이 단 두 줄 안에 담겨 있었습니다. 어릴 때부터 혼혈 특유의 외모로 놀림을 받아 소극적이고 자존감이 낮았던 안데르센이 난생처음 용기를 낸 사랑 고백이 단 두 줄의 문장으로 비참하게 끝나버린 것입니다.

안데르센은 사랑에 상처받고 가슴 아파했습니다. 동화 〈인어공주〉는 에드워드 콜린과의 관계에서 비롯되었습니다. 안데르센은 에드워드에게 사랑한다며 편지로 고백했으나, 그는 이성애자였기에 안데르센의 고백을 거절했습니다. 그러나 그의 실패한 사랑은 상상력의 원천이 되었습니다. 그는 사랑하는 사람들이 자신의 연인이나 가족이 되어 주는 대신 뮤즈가 되어 주었다고 회고했습니다. 사랑하는 뮤즈들에게 영감을 받아 집필한 동화는 많은 독자의 마음을 울렸습니다.

또한 비평가들이 그를 '자서전 작가'라고 평가하는 것처럼, 그는 잔혹하고 아름다운 이야기로 자신의 마음을 비추어 수많은 이의 기억에 오래도록 남을 문장들을 남겼습니다. 저 역시 어른이 되어 그의 동화들을 다시 읽으며, 잊고 싶지 않은 구절들을 공책에 적어 놓고는 했습니다. 그렇게 공책을 그의 문장으로 가득 채운 뒤, 한때 안데르센의 동화를 읽고 감동받았을 모든 이를 위해 책으로 만들어야겠다고 생각했습니다. 위대한 작가의 명문장을 마음속에 영원히 소유할 수 있도록 말입니다.

안데르센의 가족 중 일부가 정신병을 앓았다는 이야기도 있습니다. 안데르센은 불우한 유년기를 겪으며 본인의 정체성조차 확립하지 못한 채 불안정한 시기를 보냈습니다. 그 과정에서 가난, 핍박, 혼란 등 많은 상처를 입기도 했습니다. 게다가 그의 불우한 환경과 독특한 외모는 그의 마음속에서 열등감이라는 감정이 자라나는 데 불을 지폈을지도 모릅니다. 꿈과 희망의 동화만 쓰기에는 그의 현실이 아름다운 동화 속 세상과 너무 동떨어져 있었습니다.

안데르센은 특히 인간 본성이 적나라하게 드러나는 글들을 여러 편의 동화로 발표했습니다. 어쩌면 어린 나이에 많은 상처를 받은 만큼, 다른 아이들은 상처받지 않기를 바라는 마음에서 인간 본성에 대한 교훈을 주고자 그런 잔혹동화들을 썼을지도 모릅니다. 하지만 부모들은 아이가 이런 잔혹동화 속 숨은 의미를 알기를 원치 않을 것입니다. 아이러니하게도 아이들은 수많은 사람들을 겪어 가며 다시 부모가 된 뒤에야 잔혹동화 속 인간 본성의 한 측면을 깨닫게 되겠지요. 어쩌면 이마저도 인생의 풍파를 다 겪은 후에서야 동화 속의 주인공들이 현실에서도 똑같이 나타날 수 있다는 사실을 알 테니까요. 그게 우리들의 인생 아닐지 생각해 봅니다.

박예진

차례

인간을 파멸시킨
욕망 잔혹동화

1장의 네 작품에선 인간적인 욕망과 그 욕망에 인물들이 어떻게 대응하는지 탐구하는 안데르센의 모습을 마주할 수 있습니다. 안데르센은 이 작품들을 통해 인간의 내면 세계를 되돌아보게 하고, 우리가 진정으로 중요시하는 가치에 대해 생각하게 합니다. 인간의 욕망 때문에 파멸을 마주하는 주인공을 목격하며 어떻게 욕망을 극복하고, 균형을 찾아야 하는지를 사유하게 될 것입니다.

그가 튀어나오지 않도록 1-1
조심하세요

Little Claus and Big Claus_작은 클로스와 큰 클로스

어느 마을에 '클로스'라는 같은 이름을 가진 두 사람이 살고 있었습니다. 마을 사람들은 작은 말 한 마리를 가진 남자를 작은 클로스, 말 네 마리를 가진 남자를 큰 클로스라고 불렀습니다. 작은 클로스는 일주일 내내 자신의 말로 큰 클로스의 밭을 일구어 주었고 큰 클로스는 일요일이 되면 작은 클로스에게 자신의 말을 모두 쓸 수 있게 해 주었습니다. 작은 클로스는 큰 클로스의 말들을 데리고 자신의 밭을 일구면서 그 말들을 자신의 것인 척 사람들에게 자랑했습니다.

이 사실을 알게 된 큰 클로스가 다시는 그런 짓을 하지 말라고 충고했으나 작은 클로스는 전혀 신경 쓰지 않았습니다. 결국 큰 클로스는 험상궂은 표정을 지으며 한 번만 더 그렇게 이야기한다면 작은 클로스의 하나뿐인 말의 목을 치겠다고 말했습니다. 하지만 작은 클로스는 그 사실을 잊은 채 똑같은 행동

을 반복했고, 화가 난 큰 클로스의 망치에 하나뿐인 말을 잃고
말았습니다.

오열하던 작은 클로스는 돈을 벌기 위해 말가죽을 벗겨 자루
에 담았습니다. 그런데 작은 클로스가 집을 나서자 갑자기 비
가 내리기 시작했습니다. 작은 클로스는 비를 피하고자 근처에
있던 한 농장의 문을 두드렸습니다. 농부의 아내가 문을 열어
주었으나 지금은 집에 남편이 없고 낯선 사람을 들이면 싫어할
것이라며 작은 클로스를 들여보내 주지 않았습니다.
결국 그는 곳간에 몰래 숨었습니다. 높은 곳에 오르니 집 안
을 훤히 내려다볼 수 있었습니다. 집 안에선 농부의 아내가 한
남성과 만찬을 즐기고 있었습니다. 그때 농부가 갑자기 집으로
돌아왔습니다. 놀란 아내는 남성을 급히 큰 상자 안에 숨기고
는 음식들을 오븐 속으로 밀어 넣었습니다.

sentence 001

There were two men in a town, who both had the same name,
both were called Claus; but one of them owned four horses,
and the other only one. Now, in order to be able to tell one
from the other, people called the one who had four horses Big
Claus, and the one who had only one horse, Little Claus. Now
we must hear how these two got on, for it makes a regular story.

어느 마을에 같은 이름을 가진 두 남자가 있었습니다. 클로스라고 불리는 두 사람 중, 한 사람은 말 네 마리를 소유하고 있었고, 다른 한 사람은 말 한 마리만 소유하고 있었습니다. 그래서 사람들은 네 마리 말을 가진 사람을 큰 클로스, 한 마리 말을 가진 사람을 작은 클로스라고 부르곤 했습니다. 이제 우리는 이 둘이 어떻게 지내는지 들어봐야겠습니다. 이 이야기는 무척 흥미로우니까요.

sentence 002

"Now then, I'll ask you kindly to leave off," said Big Claus. "For if you say that once more I shall knock your horse on the head, so that it'll die on the spot, and that'll be the end of it."

"좋은 말로 할 때 내 말을 듣는 게 좋을 거야. 또 그러면 네 말을 죽여 버릴 거야." 큰 클로스가 말했습니다.

sentence 003

"I'll gee-up your horses for you," said Big Claus; and seizing a hammer, he struck the one horse of Little Claus on the head, and he fell dead instantly.

"내가 네게서 말을 다 뺏어 가야 정신을 차리겠지."라고 큰 클로스가 말했습니다. 그는 망치를 들어, 작은 클로스가 키우는 한 마리뿐인 말을 내리쳤습니다. 말은 힘없이 그 자리에서 죽었습니다.

sentence 004

"Oh! now I haven't got any horse at all!" said Little Claus, and began to cry.

"오! 이제 나에겐 말이 아예 한 마리도 없어!"라고 외치며 작은 클로스는 울기 시작했어요.

sentence 005

The farmer's wife opened the door, but when she heard what he wanted, she told him to go along: her husband wasn't at home and she wouldn't take in any strangers.

농부의 아내가 문을 열었지만, 작은 클로스가 원하는 것을 듣고 나서는 그를 들이지 않고 그냥 보내기로 했어요. 그녀의 남편이 집에 없으니 낯선 사람은 받지 않겠다는 것이었죠.

작은 클로스는 굶주린 나머지 자기도 모르게 소리를 냈습니다. 작은 클로스를 발견한 농부는 그를 집으로 들였습니다. 농부의 아내는 식사를 준비했는데, 조금 전처럼 맛있는 음식들이 아니라 죽 한 그릇이 전부였습니다. 맛있는 음식을 먹고 싶었던 작은 클로스는 한 가지 꾀를 냈습니다. 탁자 아래 내려놓은 말가죽이 든 자루를 이용하는 것이었습니다.

작은 클로스는 몰래 자루를 힘껏 걷어찼습니다. 자루에서 묵직한 소리가 들리자 자루에 대고 조용히 하라고 속삭였습니다. 농부는 자루 속에 무엇이 있냐고 물었고, 작은 클로스는 자루 안에는 마법사가 있는데, 마법사가 오븐 속에 음식을 차려 놓았다고 말했습니다. 농부가 오븐을 열자 그 속에는 아내가 숨겨둔 음식들이 있었습니다. 아내는 한마디도 할 수 없었습니다. 농부는 기뻐하며 음식과 함께 와인을 마셨고 순식간에 취해 버렸습니다.

작은 클로스는 다시 자루에 귀를 기울인 후, 마법사의 말에 의하면 "상자 안에 악마가 있다."라고 했다며 술 취한 농부에게 말했습니다. 호기심이 생긴 농부가 상자를 열어 보니 한 남성이 숨어 있었습니다. 농부는 작은 클로스에게 금화 한 자루를 주고 말가죽이 담긴 자루를 샀습니다. 그리고 농부는 남자가 들어 있는 상자도 클로스에게 선물했습니다.

농부의 집을 나와 걸어가던 도중, 다리 근처에 도착한 작은 클로스는 상자 속의 남자가 들을 수 있을 만큼 크게 외쳤습니다. "너무 무거워서 상자를 강물에 버려야겠다! 강을 타고 떠내려가서 집까지 가든, 강 속에 가라앉든 나와는 상관없지." 상자 속의 남자는 자신의 존재를 잊은 듯한 작은 클로스의 말에 살려달라고 비명을 질렀습니다. 작은 클로스는 상자 속의 남자를 살려주는 대신 금화 한 자루를 받았습니다. 두 자루의 금화를 들고 마을로 돌아온 작은 클로스를 목격한 큰 클로스는 어떻게 돈을 벌었는지 물어봅니다.

sentence 006

So Little Claus climbed up on the shed, and there he lay down, and rolled about in order to lie comfortably. The wooden shutters in front of the windows did not reach up to the top of them; so he could look right into the room. There was a big table laid out with wine and a roast joint, and such a splendid fish!

그래서 작은 클로스는 헛간 지붕에 올라가서 누웠고, 편안하게 눕기 위해 몸을 이리저리 굴렸습니다. 창문 앞에는 나무로 된 덮개가 있었지만, 그 덮개는 창문 위쪽까지 덮지는 못했기 때문에, 그는 방 안을 들여다 볼 수 있었어요. 거기에는 와인과 구운 고기, 화려한 생선 요리가 차려진 큰 식탁이 있었고요.

sentence 007

But now when they heard the husband coming they were terribly frightened, and the woman begged the clerk to creep into a great empty chest that stood in the corner; and so he did.

하지만 그들은 남편이 돌아오는 소리를 듣고는 소스라치게 놀랐습니다. 여자는 남자에게 방 안에 있는 큰 상자로 들어가라고 부탁했고, 남자는 빈 상자 안으로 기어들어 갔답니다.

sentence 008

The wife greeted them very friendly, both of them, and spread a long table and gave them a large dish of porridge. The farmer was hungry and ate with a fine appetite, but Little Claus couldn't help thinking about the beautiful roast joint and fish and cake, which he knew were there in the oven. He had laid his sack with the horse's hide in it under the table beside his feet.

부인은 농부와 작은 클로스를 친절하게 맞아 주었고, 큰 그릇에 죽을 담아 긴 식탁 위에 놓았어요. 농부는 배가 고파 잘 먹었지만, 작은 클로스는 오븐 안에 있는 고기와 생선, 케이크가 아른거려 죽으로는 성에 차지 않았죠. 그래서 작은 클로스는 꾀를 내어 집에서 가져온 자루를 탁자 밑 발아래에 놓았습니다.

sentence 009

"Hush." said Little Claus to his sack; but at the same moment he trod on it again, and it squeaked much louder than before.

"조용히 좀 해!" 작은 클로스가 자루에 대고 말했어요. 그리고 바로 그 순간, 다시 자루를 밟아 말가죽에서 더 큰 소리가 나게끔 했죠.

sentence 010

"Why, what have you got in your bag?" asked the farmer. "Oh, that's a wizard." said Little Claus. "He's saying that we mustn't eat porridge, for he's conjured the whole oven full of roast meat and fish and cake."

"자루 안에 뭐가 있나요?" 농부가 물었습니다. "오, 그건 바로 마법사랍니다." 작은 클로스가 말했습니다. "그가 말하길, 우리를 위해서 오븐 안에 고기와 생선, 케이크를 준비해 두었으니 이 죽은 먹지 않아도 된다고 하네요."

작은 클로스는 큰 클로스에게 말가죽을 팔아서 번 돈이라고 이야기합니다. 그 말을 들은 큰 클로스는 바로 집으로 달려가 네 마리의 말을 모두 죽입니다. 그가 시장에 도착하자 사람들이 말가죽 가격을 물었습니다. 큰 클로스가 금화 한 자루라고 하자 사람들은 말도 안 되는 가격에 물건을 판다며 그를 마구 때렸습니다. 시장에서 쫓겨난 큰 클로스는 씩씩대며 작은 클로스에게 복수를 다짐한 채 마을로 돌아옵니다.

한편, 작은 클로스는 돌아가신 할머니를 자신의 침대에 눕혀 둡니다. 할머니가 살아날지도 모른다고 생각했기 때문이었습니다. 그런데 작은 클로스에게 화가 난 큰 클로스가 몰래 방에 침입해 작은 클로스가 누워 있는 줄 알고 도끼로 침대를 내리쳤고, 이를 목격한 작은 클로스는 한 가지 꾀를 냅니다.

작은 클로스는 할머니 시신을 수레에 싣고 마을 밖 여관으로 향했습니다. 그러고는 여관 주인에게 할머니께 술 한 잔을 가져다 달라고 부탁했습니다. 여관 주인은 술을 주기 위해 계속 할머니를 불렀지만 대답이 없자, 화가 나 할머니에게 술잔을 집어던졌습니다. 그 모습을 본 작은 클로스는 여관 주인을 살인자로 몰아 세웠습니다. 당황한 주인은 그에게 금화 한 자루를 주고 성대한 장례를 치러주는 대신, 이 일을 비밀로 할 것을 부탁합니다. 작은 클로스는 다시 금화 한 자루와 함께 마을로 돌아오고, 할머니의 시신을 팔아 돈을 벌었다고 큰 클로스에게 다시 거짓말을 합니다.

큰 클로스는 집으로 달려가 자신의 할머니를 죽인 후 약제사에게 찾아가 금화를 요구합니다. 큰 클로스가 돈을 벌기 위해 할머니를 죽였다는 사실을 알게 된 약제사는 그것이 범죄라고 이야기합니다. 충격을 받은 큰 클로스는 집으로 도망쳤습니다. 그러고는 또다시 작은 클로스에게 속았다는 생각에 그의 집으로 찾아갑니다. 이번에야말로 작은 클로스를 죽이기 위해 그를 자루에 넣고 강가로 향하던 큰 클로스는 지쳐서 잠시 쉬기로

했습니다.

　마침 근처 교회에서 아름다운 노랫소리가 들려왔고, 큰 클로스는 자루를 내려놓은 채로 교회에 들어갔습니다. 그때 지나가던 노인이 자루에 걸려 넘어졌습니다. 죽기에 너무 이르다고 하소연하는 작은 클로스의 말을 들은 노인은, 본인은 아직도 천국에 가지 못하고 있다고 말합니다. 그러자 작은 클로스는 냉큼 노인에게 자기 대신 자루 안으로 들어오면 천국에 갈 수 있다고 말했습니다. 그 말을 믿은 노인은 작은 클로스 대신 자루 안에 들어가며 자신의 소 떼를 잘 돌봐줄 것을 당부합니다. 돌아온 큰 클로스는 곧장 노인이 든 자루를 강에 던졌습니다.

　하지만 큰 클로스는 돌아가는 길에 소들과 함께 있는 작은 클로스를 마주칩니다. 어리둥절해하는 큰 클로스에게 작은 클로스는 강 아래의 인어들에게 선물 받은 소들이라고 말합니다. 큰 클로스는 작은 클로스를 부러워하며 자루 안으로 들어갔습니다.

　작은 클로스는 강의 바닥까지 가라앉으려면 자루 안에 돌덩이들을 넣어야 한다고 조언했습니다. 큰 클로스는 당장 자루 안에 돌덩이들을 넣었고 작은 클로스는 자루의 입구를 꽁꽁 묶어 강으로 던졌습니다. 자루는 빠른 속도로 가라앉아 이내 보이지 않게 되었습니다. 작은 클로스는 그가 소를 찾을 수 있을지 걱정이라고 혼잣말하며 소 떼를 이끌고 마을로 돌아갑니다.

"You must sell me that wizard." said the farmer. "Ask what you like for him. Why, I'd give you a whole bushel of money straight off."

"그 마법사를 내게 팔아." 농부가 애원했습니다. "네가 원하는 가격을 말해봐. 응? 그냥 내가 금화 한 자루를 줄게."

"Well." said Little Claus at length, "you have been so good as to give me a night's lodging, I will not refuse you; you shall have the conjuror for a bushel of money, but I will have quite full measure."

"음." 작은 클로스가 뜸을 들이다 말했습니다. "나에게 지난밤 정말 친절하게 대해 주었기 때문에, 내가 당신의 제안을 거절할 수가 없군요. 당신에게 이 마법사가 든 자루를 팔도록 하죠. 금화 한 자루에 팔겠습니다."

"Look here, I've got a very fine price for that horse." said he to himself when he got home to his own room and emptied all the money out in a great heap in the middle of the floor. "Big

Claus won't like it a bit when he gets to know how rich I've become by the means of my one horse; but I can't tell him right out, all the same."

집에 돌아와서 방으로 들어간 작은 클로스는 돈 자루를 바닥에 엎어 놓고 큰 소리로 말했다. "이거 정말 굉장한데? 내가 얼마나 많은 돈을 벌게 됐는지 알면 큰 클로스가 화를 내겠지. 하하. 그렇다고 바로 말할 수는 없지."

sentence 014

He took the old woman and laid her in his own warm bed to see if she might possibly come to life again. She should lie there all night, and he would sit over in the corner on a stool and sleep there, as he had often done before.

작은 클로스는 할머니를 따뜻한 침대에 눕혀 놓고, 혹시나 다시 살아날지도 모르니까 조심스럽게 관찰하고 있었죠. 이전에 자주 그랬던 것처럼 할머니는 밤새 침대에 누워 있고, 작은 클로스는 의자에 앉아서 잠을 청했습니다.

sentence 015

And as he sat there in the night the door opened and Big Claus came in with an axe. He knew well enough where Little

Claus's bed stood, and went straight to it and hit the dead grandmother on the head, thinking it was Little Claus.

그는 밤중에 문이 열리는 소리를 들었어요. 문을 통해 들어온 것은 큰 클로스였는데 도끼를 들고 있었어요. 작은 클로스의 침대가 어디 있는지를 잘 알고 있었지요. 그는 바로 그쪽으로 가서 죽은 할머니의 머리를 내리쳤어요. 할머니를 작은 클로스로 착각한 거죠.

sentence 016

"Why, they're sea cattle." said Little Claus. "I'll tell you the whole story, and very much obliged to you I am for drowning me. I'm on the top now, properly rich I am, I can tell you."

"저들은 바다소야." 작은 클로스가 말했습니다. "지금까지의 이야기를 전부 말해 줄게. 그리고 난 물에 빠진 것이 오히려 다행이라고 생각해. 지금은 내가 제일 부자니까 말이야."

sentence 017

I sank straight to the bottom, but I didn't bump myself, for down there the finest of soft grass grows, and on to that I fell, and the sack came open at once, and the most lovely girl in pure white clothes and with a green wreath on her wet hair, took my hand and said: 'Is that you, Little Claus? Here's some cattle for you to begin with, and four miles further up the road there's another whole drove waiting, which I'll make you a present of!'

작은 클로스가 말하길, "나는 물 밑으로 단번에 가라앉았지만 아무 일도 일어나지 않았어. 물밑에서는 푸른 풀이 자라고, 그 위에 떨어졌을 때 가방이 바로 열렸지. 그곳엔 매우 아름다운 여인이 흰옷을 입고, 젖은 머리에 녹색 화관을 쓰고 있었어. 그 여인이 내 손을 잡고는 '작은 클로스야. 이 소들은 네게 주는 선물이야. 그리고 길을 따라 4마일 더 가면 다른 소 떼를 너에게 더 줄게!'라고 이야기했어."

sentence 018

"Oh, you are a lucky man!" said Big Claus. "Do you think I should get some sea cattle too if I got down to the bottom of the river?"

"와, 넌 진짜 운이 좋은 녀석이구나!"라고 큰 클로스가 말했어요. "내가 강 밑으로 내려가면 나도 바다소를 얻을 수 있을까?"

sentence 019

"It'll sink all right." said Little Claus; but all the same he put a big stone in the sack, tied the string tight and gave it a push. Splash! There lay Big Claus in the river and sank to the bottom straight.

"잘 가라앉을 거야."라고 작은 클로스가 말했지만, 큰 클로스는 미덥지 않은지 큰 돌까지 자루 속에 넣고 끈을 꽉 묶었어요. 작은 클로스는 자루를 힘껏 강 속으로 밀어 넣었죠. 풍덩! 그러자 큰 클로스가 든 자루는 강 밑으로 떨어져, 곧장 아래로 가라앉았답니다.

〈작은 클로스와 큰 클로스〉는 안데르센이 초창기에 썼던 작품입니다. 그러나 이 작품은 발표 당시 동화로는 좋은 평가를 받지 못했습니다. 평론가들은 안데르센의 문체가 문학적이지 않을뿐더러, 내용 자체도 형편없다고 비판했습니다. 그러나 훗날 안데르센이 동화 작가로 크게 성공하면서 여론은 바뀌었습니다. 그의 모든 잔혹동화를 통틀어 가장 잔혹하고, 동시에 재미있기까지 한 동화로 평가받고 있습니다. 현재 이 동화는 유럽 전역에서 안데르센의 다른 동화와 마찬가지로 인기를 끌고 있습니다.

동화는 노력과 인내의 가치를 강조하면서도 누군가는 성공을 위해 불공정한 일을 행하기도 한다는 사실을 보여 주고 있습니다. 이 동화에서 비판하는 불공평한 현실은 당시 덴마크의 사회적 현실을 반영하고 있습니다. 당시의 덴마크는 경제적 불황으로 식량이 부족하여 많은 사람들이 굶주리며 힘든 시간을 보내고 있었습니다.

반면, 권력자와 부자들은 자신들의 이익을 우선시하며 불공정하고 정의롭지 못한 행동을 일삼았습니다. 안데르센은 그런 상황 속에서도 노력과 인내의 가치를 강조하며 독자들에게 위로와 희망의 메시지를 전달하고자 했습니다.

사실 안데르센은 베르너 스터게스라는 소년을 위해 이 동화를 집필했습니다. 베르너는 작업실에서 집필 중인 안데르센 옆에서 동화를 읽었습니다. 그러던 중, 안데르센이 〈작은 클로스와 큰 클로스〉 이야기를 들려주자 베르너는 굉장히 좋아하며 이 이야기를 꼭 동화로 써달라고 요청했습니다. 안데르센은 베르너의 요청을 들어주기 위해 〈작은 클로스와 큰 클로스〉라는 동화를 썼고 이 일은 오늘날의 명작이 탄생하는 계기가 됩니다. 단 한 명의 소년 독자를 위해서 기꺼이 동화를 썼던 안데르센의 수수함이 나타난 작품입니다. 또한 이 동화는 인간은 자기의 이해득실을 위해서는 선과 악의 경계, 선을 언제든지 넘나들 수 있다는 인간 본성의 한 측면을 볼 수 있는 작품입니다.

해당 문장은 이 작품의 주제입니다. 영어나 한국어 표현을 보고 자기만의 방식
으로 의역하거나 그대로 필사해 보면서 안데르센의 문장을 사유해 보세요.

sentence 020

"I'm afraid he won't find those cattle." said Little Claus; and
drove off home with what he had.

"큰 클로스가 바다소를 잘 찾을 수 있을지 모르겠네." 작은 클
로스가 말했어요. 그리고 큰 클로스의 물건들을 가지고 집으
로 가버렸습니다.

....

....

....

....

....

....

죽어도
멈출 수 없는 춤

The Red Shoes_빨간 구두

아름다운 소녀 카렌은 어머니와 둘이 살았는데 너무 가난한 나머지 늘 맨발로 생활했습니다. 그런 카렌을 불쌍히 여긴 마을 구두장이는 남은 천을 모아 빨간 구두 한 켤레를 만들어 주었습니다. 그로부터 얼마 지나지 않아 카렌의 어머니가 돌아가셨습니다. 장례식에선 검은 옷과 검은 신발을 신어야 했지만, 카렌에게는 빨간 구두 한 켤레뿐이었습니다. 결국 그녀는 낡은 옷과 빨간 구두를 신고 어머니의 관을 따라갔습니다.

마침 그곳을 지나가던 한 노인이 카렌을 발견하고, 그녀를 불쌍히 여겨 양녀로 들여 보살피기로 합니다. 노인의 아내는 카렌에게 비싸고 깔끔한 옷을 입히고는 빨간 구두를 불태워버렸습니다.

어느덧 카렌은 자라서 신자의 이마에 주교가 기름을 발라주

Part 1 | 인간을 파멸시킨 욕망 잔혹동화　35

는 견진성사 의식을 받을 나이가 되었습니다. 이는 신의 은총이 신자에게 내리기를 기도하는 의식으로 종교적 성인식이나 마찬가지였습니다. 의식을 위해 카렌은 새 구두가 필요했고 노인은 카렌을 도시에서 가장 좋은 구두 가게로 데려갔습니다.

sentence 021

Once upon a time there was little girl, pretty and dainty.

옛날에 어느 작은 소녀가 있었습니다. 그녀는 예쁘고 우아했어요.

sentence 022

She stretched out her little feet, but the shoes were too tight, and it was a hopeless task to get them on.

그녀는 작은 발을 뻗어봤지만 신발은 너무 조였고, 그것을 신는 것은 불가능한 일이었어요.

sentence 023

But the old lady knew nothing of their being red, for she would never have allowed Karen to be confirmed in red shoes, as she was now to be.

하지만 노부인은 그 신발이 빨간색이라는 생각은 꿈에도 못하고 있었죠. 노부인은 카렌에게 단 한 번도 빨간색 구두를 신는 걸 허락한 적이 없었지만, 지금 허락하게 된 것이었습니다.

sentence 024

All the people in the church looked at her, and she herself was so abashed that she did not know where to put herself.

교회 안에 있는 모든 사람이 그녀를 바라보았고, 그녀는 시선을 어디에 두어야 할지도 모른 채 수줍어했어요.

sentence 025

At the church door stood an old crippled soldier leaning on a crutch; he had a wonderfully long beard, more red than white, and he bowed down to the ground and asked the old lady whether he might wipe her shoes.

교회 문 앞에는 병들고 나이 든 군인이 서 있었습니다. 그 군인은 보통의 노신사들과 다르게 붉은 수염을 갖고 있었습니다. 그는 노부인에게 그녀의 신발을 닦아줘도 괜찮은지 물었습니다.

가게에는 아름다운 빨간 구두가 있었습니다. 그 구두는 카렌에게 딱 맞았습니다. 시력이 좋지 않던 노인은 그 구두가 무슨 색인지 알지 못한 채 카렌에게 그 구두를 사 주었습니다.

카렌이 교회에 도착하자 사람들의 시선이 빨간 구두에 쏠렸습니다. 성스러운 견진성사에서 빨간 구두를 신는 것은 예의에 어긋났기 때문입니다. 그러나 카렌은 사람들이 쳐다보는 이유를 알지 못했습니다. 카렌은 빨간 구두를 생각하느라 목사의 설교도 듣지 않았고 찬송가도 부르지 않았습니다.

한편, 교회 문 앞에는 붉은 수염의 군인이 서 있었습니다. 그는 카렌의 구두를 보더니 춤을 추기에 딱 맞는 신발이라며 구두를 톡톡 두드렸습니다. 그러자 카렌의 빨간 구두가 혼자서 춤을 추기 시작했습니다. 구두는 살아 있는 것처럼 춤을 멈추지 않았고, 카렌은 다른 사람들이 도와준 후에야 간신히 신발을 벗을 수 있었습니다. 노인은 빨간 구두를 신발장에 처박아 두었습니다. 그러나 카렌의 마음속에는 여전히 빨간 구두에 대한 미련이 가득했습니다.

sentence 026

"Dear me, what pretty dancing shoes!" and Karen could not help it, she was obliged to dance a few steps; and when she had once begun, her legs continued to dance. It seemed as if the shoes had got power over them.

"세상에, 정말 아름다운 구두군요!"라고 말하며, 카렌은 춤을 추기 시작했습니다. 그녀도 어쩔 수 없었어요. 한 번 춤을 추기 시작하자, 마치 신발에 어떤 힘이 있는 것처럼 다리가 쉴 새 없이 움직였습니다.

sentence 027

Now the old lady fell ill, and it was said that she would not rise from her bed again. She had to be nursed and waited upon, and this was no one's duty more than Karen's.

노부인은 병이 들었고, 그 말은 그녀가 침대에서 일어날 수 없을 정도로 아프다는 뜻이었습니다. 그녀를 간호해야 하는 것은 당연히 의심할 여지 없이 카렌의 임무였습니다.

sentence 028

At last they took off her shoes, and her legs were at rest.

그들이 그녀의 신발을 벗겨내고 나서야, 그녀의 발은 자유로워졌습니다.

sentence 029

She thought of the red shoes and prayed forgiveness, and when she had finished her prayer, she felt strangely light.

그녀는 빨간 구두를 생각하며 용서를 구했고, 기도를 마친 후 이상하게도 마음이 가벼워진 느낌이 들었어요.

sentence 030

She tore off her red shoes and threw them away, both of them at once, but they came back to her feet.

그녀는 빨간 구두를 벗어서 두 짝을 한 번에 던졌어요. 그러나 그것들은 다시 그녀의 발로 돌아왔답니다.

어느 날, 노부인이 큰 병에 걸렸습니다. 아픈 그녀를 돌볼 사람은 카렌 자신밖에 없다는 사실을 알고 있었습니다. 그러나 큰 무도회에 초대받아 신이 난 카렌은 무도회에 가고 싶은 마음에 빨간 구두를 꺼냈습니다.

카렌이 구두를 신자마자 구두는 그녀를 무도회장으로 끌고 가 춤을 추었습니다. 구두는 카렌의 의지와는 상관없이 무도회장을 벗어나 성문을 지났고, 어두컴컴한 숲으로 향하며 계속 춤을 추었습니다. 구두를 벗으려고 할수록, 발을 조이는 빨간 구두 때문에 카렌은 며칠 밤낮으로 계속해서 춤을 추다가 교회 묘지로 들어가게 되었습니다. 그리곤 화가 난 천사를 만났습니다. 그 천사는 굳은 표정으로 죽을 때까지 춤추게 될 거라고 저주를 내렸습니다.

어느 날, 춤을 추며 익숙한 집 앞을 지나가던 카렌은 자신을 돌봐준 노부인이 죽었다는 사실을 알게 되었습니다. 망나니가 사는 오두막에 도착한 카렌은 그에게 잘못을 고백하고는 발목을 잘라달라고 부탁합니다. 빨간 구두는 잘린 발목과 함께 춤을 추며 사라졌고 카렌은 그제야 춤을 멈출 수 있었습니다.

망나니는 카렌에게 의족과 목발을 만들어 주었고 카렌은 목사의 집에서 참회하고 봉사하며 살아갔습니다. 그러나 교회에는 갈 수 없었습니다. 교회 앞에서는 빨간 구두가 춤을 추고 있었고 카렌은 겁에 질려 도망쳤기 때문입니다. 그 후, 카렌이 진심으로 잘못을 뉘우치고 깊이 속죄한 뒤에야 천사가 나타나 카렌을 천국으로 이끌었습니다.

sentence 031

And she went quickly up to the church-door; but when she came there, the red shoes were dancing before her, and she was frightened, and turned back.

그녀는 서둘러 교회의 문으로 달려갔습니다. 하지만 그녀가 교회로 돌아갔을 때, 그녀는 빨간 구두가 문 앞에서 춤추고 있는 모습을 보았습니다. 겁에 잔뜩 질린 그녀는 뒤돌았습니다.

sentence 032

Because she was wearing the red shoes, she felt the power of the red shoes.

왜냐하면 그녀가 빨간 구두를 신었기 때문이었죠. 그녀는 빨간 구두의 힘을 느끼고 있었어요.

sentence 033

As she took off the shoes, the red shoes slipped off her feet.

구두를 벗어내자, 빨간 구두는 그녀의 발에서 미끄러져 내려갔어요.

sentence 034

Then the red shoes swelled and climbed up her legs. The red shoes stayed on her knees.

그러자 빨간 구두가 두둥실 떠올라 그녀의 다리 위로 올라갔습니다. 빨간 구두는 그녀의 무릎 위에 머물렀답니다.

The tips of her toes hit the edge of the pail with force, and she did not know what to do.

그녀의 발끝이 양동이 가장자리에 세게 부딪혔고, 그녀는 어쩔 줄을 몰랐죠.

As always, she went to church again in the evening, driven by her piety.

언제나 그렇듯, 그녀의 신앙심은 그녀를 다시 교회로 이끌었습니다.

She was obliged to dance, and keep on dancing, through the gloomy night.

그녀는 어쩔 수 없이 어두운 밤 내내 춤을 추고, 계속해서 춤을 추었어요.

She couldn't take the shoes off. She went back home with

trembling legs. She cried all day in silence.

그녀는 그 구두를 벗을 수 없었어요. 떨리는 다리로 집으로 돌아갔죠. 그녀는 하루 종일 침묵 속에서 눈물을 쏟았답니다.

sentence 039

When she took off the red shoes again, she saw that her ankles were torn and bleeding.

그녀가 다시 빨간 구두를 벗겨냈을 때, 그녀는 발목이 찢어져서 피가 나오는 것을 보았어요.

〈빨간 구두〉는 안데르센이 초기에 발표한 작품 중 하나로, 그의 자서전에서 탄생 비화를 소개한 바 있습니다. 안데르센이 어렸을 때, 그의 어머니는 부자와 재혼했으나 그의 자녀들과 함께 사는 것이 힘들어서 결국 이혼을 선택합니다. 당시에는 이혼이 흔한 일이 아니었으며 여성의 이혼은 사회적으로 비난받기 쉬웠습니다. 이러한 환경 속에서 안데르센은 경제적 어려움을 겪었으며 돈을 벌기 위해 본격적으로 창작 활동을 시작했습니다.

당시에는 남성들의 구두를 빨갛게 광택 내는 것이 유행이었습니다. 그는 이 유행에 영감을 받아 작품을 쓰게 되었습니다. 그러나 이 작품은 대부분 주인공이 남성이었던 당시 유럽 문학과 달리 주인공을 여성으로 설정하여 다른 문학 작품들과 차별화를 두었습니다.

작품 속 신비로운 빨간 구두는 소녀의 욕망과 그녀의 운명을 나타냅니다. 이 신발은 소녀가 꿈꾸던 미래를 상징하면서도, 동시에 그녀가 운명에서 벗어날 수 없다는 것을 나타냅니다.

작품 속 어린 여성 주인공인 카렌은 종교로부터 억압과 제약을 받습니다. 단지 성스러운 날이나 성스러운 장소에서 빨간 구두를 신었다는 이유만으로 충분한 지도나 교육 없이 천사의 저주를 받아 비참한 운명으로 내몰립니다. 이는 어린 여성을 엄격하게 억압하고자 했던 당시의 통념이 반영된 것이라고 해석할 수 있습니다. 당시에는 여성 주인공을 내세운 것만으로도 진보적이라는 평가를 받던 작품이었지만 이렇듯 현대인의 시각에서는 논란의 여지가 많아 보입니다.

이 작품은 우리가 흔히 알고 있는 어리석은 허영을 경계하라는 주제도 담고 있지만, 어린 여자아이를 통해 사회를 통제하려고 했던 그 시대의 사회적, 관습적 구조에 대한 모순을 그대로 드러내고 있는 것은 아닐까요?

해당 문장은 이 작품의 주제입니다. 영어나 한국어 표현을 보고 자기만의 방식
으로 의역하거나 그대로 필사해 보면서 안데르센의 문장을 사유해 보세요.

sentence 040

But she could still see them with the eyes of her mind. She
was walking and dancing in her mind.

하지만 그녀는 여전히 마음의 눈으로 그것을 볼 수 있었어요.
그녀는 마음속에서 걷고 있었고, 마음속에서 춤을 추고 있었
답니다.

....

....

....

....

....

....

허영심에 잡아먹힌 공주

The Swineherd_돼지치기 왕자

옛날, 아주 작은 왕국에 가난한 왕자가 살고 있었습니다. 비록 가난하지만 현명하고 자신감이 넘치던 왕자는 강대국 황제의 딸인 이웃 나라 공주와 결혼하고 싶었습니다. 왕자는 용기 있게 공주에게 청혼하기로 마음먹었습니다. 그녀를 위해서 그의 아버지 무덤 위에서만 피는 장미꽃과 아름다운 노래를 불러주는 새인 나이팅게일 한 마리를 공주에게 선물하며 청혼했습니다. 두 가지 선물은 모두 왕자에게 매우 의미 있고 귀한 것이었습니다.

장미꽃은 5년에 한 번만 꽃을 피울 수 있었는데, 그 대신 신비한 힘을 갖고 있었습니다. 장미꽃의 향기를 맡은 사람은 누구나 근심과 걱정을 모두 잊고 행복해졌습니다. 나이팅게일은 아름다운 목소리로 세상의 온갖 노래를 다 부를 수 있는 신기한 새였습니다.

황제와 왕궁의 모든 사람이 아름다운 장미와 나이팅게일의 노래에 감탄했습니다. 그러나 공주의 반응은 시큰둥했습니다. 공주는 유리로 만든 장미가 아니라며 거부했으며, 살아 있는 새 나이팅게일은 보물이 아니라며 거부했습니다. 그리고 왕자를 자신의 나라에 들어오지 못하게 했습니다.

sentence 041

Once upon a time, there was a poor Prince; he had a kingdom that was quite small, but it was big enough to marry upon, and marry he would.

옛날 어느 가난한 왕자가 있었어요. 그는 작지만, 다른 나라와 결혼하기에 부족하지는 않은 정도의 크기는 되는 왕국을 가지고 있었습니다.

sentence 042

Now, it was quite bold of him to say to the Emperor's daughter, "Will you have me?" but he dared to do it because his name was widely renowned. There were a hundred princesses who would have said yes, but let's see if she does.

그가 황제의 딸에게 "나와 결혼해 주겠소?"라고 말하는 것은 꽤나 대담한 일이었어요. 그는 이름이 널리 알려져 있었기에 그렇게 할 수 있었죠. 그의 청혼을 승낙할 공주가 백 명도 넘게 있었지만, 과연 황제의 딸도 승낙할지는 알 수 없었죠.

sentence 043

On the grave of the Prince's father grew a rose tree, such a beautiful rose tree. It only bore flowers every five years, and only one at a time, but it was a rose that smelled so sweet that by smelling it, all sorrows and worries were forgotten.

왕자의 아버지 무덤 위에는 아름다운 장미 나무가 자라고 있었어요. 이 나무는 5년마다 단 한 송이만 꽃을 피웠지만, 그 향기가 너무 달콤해 향기만 맡아도 온갖 슬픔과 근심이 잊힐 정도였답니다.

sentence 044

And he had a nightingale that could sing as if all the beautiful melodies were in its tiny throat.

또한, 그는 나이팅게일을 기르고 있었어요. 나이팅게일은 작은 목청 속에 세상의 모든 아름다운 멜로디를 모아 둔 것처럼 노래할 수 있었어요.

How that bird reminds me of the late Empress's musical box, said an old cavalier; "yes, it is exactly the same tone, the same execution!" "Yes!" said the Emperor, and then he wept like a little child. "I should never have believed it was true!"

"그 새는 황후님의 음악상자를 생각나게 하네요. 그래요. 정확히 같은 음색, 같은 연주 방식이에요!" 한 노기사가 말했습니다. "맞아!" 황제가 대답하며 어린아이처럼 훌쩍였습니다. "그게 진짜라는 걸 믿을 수가 없었어!"

왕자는 공주가 자신의 선물을 무시한 것으로도 모자라 방문을 금지시킨 것도 알고 있었지만, 공주의 거만함을 뉘우치게 하려고 황궁을 다시 방문했습니다.

초라한 차림으로 변장한 그는 황궁에서 돼지치기 일을 하기 시작했습니다. 왕자는 온종일 웃는 얼굴로 돼지를 돌보았으며 남는 시간에 틈틈이 아주 작고 예쁜 단지를 만들었습니다. 단지에는 작은 방울이 달려 있었는데 그 방울은 음식이 끓을 때면 잔잔한 음악을 연주했습니다. 단지에 손가락을 넣으면 무슨 음식을 하고 있는지까지 알 수 있는 신기한 단지였습니다.

어느 날, 산책을 나온 공주는 단지에서 흘러나오는 노랫소리를 들었습니다. "아, 사랑하는 아우구스틴. 모든 것이 끝났구나, 끝났구나!"라는 구절이 들어간, 공주가 좋아하는 노래였습니다. 익숙한 멜로디를 들은 공주는 시녀들에게 단지가 얼마인지 알아 오라고 명령했습니다. 그러자 돼지치기 왕자는 공주가 자신에게 키스를 10번 해 준다면 돈을 받지 않고 단지를 주겠다고 말했습니다.

공주는 좋아하는 노래가 나오는 단지가 너무 갖고 싶었습니다. 결국 공주는 돼지치기 왕자에게 10번 키스를 해 주었습니다. 그런데 얼마 지나지 않아 돼지치기가 방울을 만들었다는 소식을 듣게 됩니다.

sentence 046

But he did not let himself be deterred; he smeared his face with brown and black, pulled his cap down over his head, and knocked on the door.

그러나 왕자는 낙담하지 않았어요. 그는 얼굴에 검댕을 바른 뒤, 모자를 눈썹까지 내려쓰고 문을 두드렸어요.

sentence 047

"Good day, Emperor!" he said. "Could I not serve here at the palace?" "Certainly!" said the Emperor, "I need someone to take care of the pigs! We have many of them!"

"안녕하세요, 황제님! 이 궁에서 일을 할 수 없을까요?" "물론, 할 수 있지!" 황제가 말했습니다. "우리는 많은 돼지를 돌봐야 하니 돼지를 돌보는 사람이 필요해!"

sentence 048

Now the Princess came walking with all her court ladies, and when she heard the melody, she stopped and looked so pleased, for she too could play 'Oh, You Dear Augustin,' it was the only tune she knew, but she played it with one finger.

공주와 시녀들이 산책하며 다가왔고, 멜로디를 듣자 멈춰서 기쁜 표정으로 단지를 바라보았어요. 공주 역시 '아, 사랑하는 아우구스틴'을 연주할 수 있었는데, 그것이 그녀가 아는 유일한 곡이었죠. 그녀는 그것을 한 손으로도 잘 연주했어요.

sentence 049

"How much will you take for the pot?" asked the lady. "I will have ten kisses from the princess." answered the swineherd.

"그 단지는 얼마인가요?" 시녀가 물었어요. "공주님께서 제게 10번의 입맞춤을 해주신다면 팔도록 하죠." 돼지치기 왕자가 대답했어요.

That was a pleasure! Day and night the water in the pot was boiling; there was not a single fire in the whole town of which they did not know what was preparing on it, the chamberlain's as well as the shoemaker's.

그것은 그들에게 기쁨을 가져다 주었습니다! 매일매일 왕국에서는 단지들이 끓고 있었고, 그들은 온 마을의 가정집에서 어떤 요리를 하는지 알 수 있었습니다. 하다못해 구두장이네 집의 음식 메뉴까지도요.

그 방울을 흔들면 왈츠, 폴카 등 세상의 모든 춤곡이 흘러나왔습니다. 방울이 너무 갖고 싶었던 공주는 이번에도 돼지치기에게 키스를 하는 조건을 제시받았습니다. 하지만 이번에는 돼지치기가 100번의 입맞춤을 요구했습니다.

공주는 시녀들을 주위에 둘러 세우고 수를 세라고 했습니다. 그런데 지나가던 황제가 이 모습을 목격하고 말았습니다. 시녀들이 키스의 숫자를 세느라 황제가 다가오는 것을 보지 못했기 때문입니다. 화가 난 황제는 공주와 돼지치기를 궁전에서 쫓아냈습니다. 훌륭한 왕자들의 혼사를 줄줄이 거절하던 공주가 돼지치기와 키스를 나누는 모습에 황제는 진노할 수밖에 없었습니다.

쫓겨난 공주는 울면서 일전에 가난한 왕자의 청혼을 거절했던 것을 후회했습니다. 그때, 돼지치기는 화려한 왕자의 차림으로 다시 공주 앞에 나타났습니다. 그의 달라진 모습에 공주는 자신도 모르게 고개를 숙였습니다.

어리석은 공주는 현명한 왕자의 청혼을 거절하고 장미와 새의 가치를 알아보지 못했으며, 장난감에 눈이 멀어 돼지치기로 둔갑한 왕자에게 키스했습니다. 왕자는 그런 공주를 비웃으며 자신의 나라로 돌아가 성문을 굳게 잠가 버렸습니다. 공주는 성 밖에서 슬프게 노래를 불렀습니다.

"아, 사랑하는 아우구스틴~ 모든 것이 끝났구나, 끝났구나!"

sentence 051

"But you must not betray me, for I am the emperor's daughter."

"그러나 나를 배신해서는 안 됩니다. 왜냐하면 나는 황제의 딸이기 때문입니다."

sentence 052

The swineherd—that is to say, the prince—but they did not know otherwise than that he was a real swineherd—did not waste a single day without doing something; he made a rattle, which, when turned quickly round, played all the waltzes, galops, and polkas known since the creation of the world.

돼지치기 – 라고 하지만, 실제로는 왕자인 그 사람은 – 한시도 멈추지 않고 달그락거리는 소리를 내고 있었습니다. 그 소리는 뒤로 돌아서면 순식간에 변해서 세상에 음악이 창조된 이래로 등장했던 모든 왈츠, 갈롭, 폴카 등을 연주했습니다.

sentence 053

"But that is superbe," said the princess passing by. "I have never heard a more beautiful composition. Go down and ask him what the instrument costs; but I shall not kiss him again."

그녀가 지나가며 말했어요. "정말 멋지네! 이보다 더 아름다운 곡은 들어본 적이 없어. 가서 그 악기의 가격을 물어봐. 그러나 난 다시 입맞춤은 하지 않을 거야!"

sentence 054

"He wants a hundred kisses from the princess." said the lady

-in-waiting, who had gone in to ask. "I think he's crazy!" said the princess, and then she left. But after she had gone a little way, she stopped.

"그가 공주님께 100번의 입맞춤을 원한다고 전하래요." 물어보러 들어간 시녀가 말했습니다. "내가 생각하기에 그는 미쳤어!" 공주가 말했고, 자리를 떴어요. 하지만 조금 가다 발걸음을 멈추었습니다.

sentence 055

"What kind of commotion is going on down at the pigsty?" said the Emperor, who had stepped out onto the balcony. He rubbed his eyes and put on his glasses. "It's the ladies-in-waiting who are playing! I must go down to them!"

"돼지우리 앞에서는 대체 무슨 소란인가?" 발코니로 나온 황제가 말했어요. 그러고는 눈을 비비며 안경을 썼죠. "대신들이 놀고 있군! 내려가 봐야겠다!"

sentence 056

"Goodness!" said the Emperor when he saw them kissing, and he hit them on the head with his slipper, right as the swineherd received the sixty-seventh kiss.

둘이 키스하는 걸 본 황제가 "어이쿠!" 하고 슬리퍼로 그들의 머리를 내려쳤는데, 돼지치기 왕자가 67번째 키스를 받는 순간이었어요.

sentence 057

"Out!" said the Emperor, for he was angry, and both the princess and the swineherd were banished from his empire.

"나가!" 황제가 분노하며 외쳤고 공주와 돼지치기는 제국에서 추방되었어요.

sentence 058

And the swineherd went behind a tree, wiped off the black and brown from his face, threw away the ugly clothes, and stepped forward in his princely attire, so handsome that the princess had to bow to him.

돼지치기는 나무 뒤에서 얼굴의 얼룩을 닦고, 추한 옷을 버리고, 왕자의 차림으로 나타났습니다. 멋진 그 모습에 공주는 고개를 숙였습니다.

sentence 059

And then he went into his kingdom and closed the door on

her, so she could sing all she wanted but not get in.

그리고 그는 자신의 나라로 돌아가 그녀의 앞에서 문을 닫아 버렸어요. 그녀는 문 앞에서 노래만 부를 뿐, 들어가지 못한 채 앞에서 울고 있었답니다.

안데르센의 동화 〈돼지치기 왕자〉는 교훈적인 이야기로 유명합니다. 이 이야기는 단순하게 거만한 공주와 가난하지만 영리한 왕자 사이의 이야기라고 하기에는 더 깊은 이야기가 숨어 있습니다. 동화의 배경과 작가의 삶을 함께 본다면 더 풍부한 의미를 찾을 수 있습니다.

안데르센은 독일계 덴마크인으로, 가난한 집안에서 태어나 어릴 적부터 학교에서 따돌림을 당했습니다. 어린 시절의 이러한 기억이 그가 집필한 작품들에 깊이 흔적을 남겼는데, 이 작품 역시 그 영향을 받은 작품 중 하나입니다.

작품 속 왕자는 어릴 적 돼지를 키웠으며, 가난하지만 '왕자'라는 신분을 지니고 있었음에도 거리낌 없이 돼지치기로서의 의무를 성실하게 이행합니다. 가난에 대해서 부정적으로 바라보지 않던 안데르센의 시각이 잘 드러나고 있는 부분임을 느낄 수 있습니다. 동시에 외모보다는 내면이 더욱 중요하다는 교훈 역시 안데르센의 자기 삶에서 비롯된 깨달음입니다.

안데르센은 살아가는 동안 적극적으로 사랑을 했지만, 그렇다고 행복한 가정을 꾸렸냐는 질문에는 차마 그렇다고 대답할 수 없습니다. 그는 이성적이면서도 감성적인 면모를 모두 가지고 있어 그의 관심사는 화목한 가정을 만들기보다 자신과 타인의 내면을 온전히 이해하는 데 집중되어 있었습니다.

그러다 보니 동화 속 '결혼'에 대해서도 여러 가지 방법으로 해석이 가능합니다. '가난한' 왕자는 '부유한' 공주와의 결혼을 희망합니다. 결혼이라는 제도 자체가 인간관계에서 지위, 경제력, 출신 사이 경계를 선명히 보여 주는 것을 비판하는 은유가 담겨 있는 것을 확인할 수 있습니다.

그뿐만 아니라, 작품 속에는 종교적인 요소도 포함되어 있습니다. 동화 속 왕자가 돌본 돼지는 신성한 동물로 여겨지면서도 인간의 성적 욕망과 타락을 상징합니다. 이는 기독교 교리를 반영하는 것으로 독일 문화권에서 유래되었다고 합니다. 짧고 단순하지만 다양한 의미를 포함하고 있어 안데르센의 흔적을 잘 읽어낼 수 있는 작품입니다.

해당 문장은 이 작품의 주제입니다. 영어나 한국어 표현을 보고 자기만의 방식으로 의역하거나 그대로 필사해 보면서 안데르센의 문장을 사유해 보세요.

sentence 060

"I have come to despise you." he said. "You did not want an honest prince! You did not understand the rose and the nightingale, but you could kiss the swineherd for a toy! Now you can have it your way!"

"나는 한때 공주를 사랑했지만, 이제는 경멸하게 되었습니다." 그가 말했습니다. "공주는 현명한 왕자를 원치 않았죠! 공주는 장미와 새의 가치를 이해하지 못했지만, 장난감을 위해서 돼지치기와 입맞춤을 할 수는 있었어요. 이제는 공주가 원하는 것을 모두 갖게 되었네요!"

....

....

....

....

....

....

욕심의
종착지

The Wicked Prince_사악한 왕자

옛날에 전 세계를 정복하고 세상에서 가장 큰 권력을 가진, 강한 왕이 되는 꿈을 가진 왕자가 있었습니다. 그는 도시를 정복하고 백성들에게 겁을 주고, 무력으로 통치하는 것을 하나의 즐거움처럼 여겼습니다. 그는 검으로 인정사정없이 도시를 정복하고 다녔고, 상대가 누구건 자비를 베풀지 않기로 유명했습니다. 그가 지나간 도시의 작물들은 잔뜩 시들고, 과일은 바짝 말라비틀어진 채로 땅에 떨어졌습니다. 그의 군대가 정복 전쟁을 펼친 도시는 잔해만 남은 채 불길이 솟아올랐습니다.

그의 잔인함은 백성들에게도 예외는 아니었습니다. 길거리에는 벌거벗은 아이를 달래고 있는 가난한 어머니들이 있었습니다. 그들은 불타고 있는 자신들의 오두막 뒤에 숨어 있었지만 소용없었습니다. 군대와 마주친 그들은 열심히 도망갔지만,

군대는 그들을 추격했고 잔인한 정복 전쟁의 희생양으로 삼았습니다. 왕자의 권력은 점점 강해졌고, 그는 전 세계에 악명을 떨쳤습니다. 그가 원했던 대로 사람들이 그의 이름을 듣기만 해도 벌벌 떨 정도였습니다.

sentence 061

Here lived once upon a time a wicked prince whose heart and mind were set upon conquering all the countries of the world, and on frightening the people.

이곳에는 세상의 모든 나라를 정복하고 백성을 수탈하겠다는 계략을 갖고 있는 사악한 왕자가 살고 있었습니다.

sentence 062

Many a poor mother fled, her naked baby in her arms, behind the still smoking walls of her cottage; but also there the soldiers followed her, and when they found her, she served as new nourishment to their diabolical enjoyments; demons could not possibly have done worse things than these soldiers!

가난한 어머니들은 그들의 벌거벗은 아기들을 데리고 불타는 오두막의 잔해 뒤에 몸을 숨겼습니다. 군인들은 그들을 찾아냈고, 그들은 군인들의 잔인한 쾌락의 희생양이 되었습니다.
아마 악마도 이들처럼 잔인하게 굴진 못했을 거예요!

sentence 063

The prince was of opinion that all this was right, and that it
was only the natural course which things ought to take.

왕자는 이 모든 것이 지당한 일이며, 그것은 자연스러운 과정
일 뿐이라고 생각했습니다.

sentence 064

"What a mighty prince! But I must have more—much more.
No power on earth must equal mine, far less exceed it."

"그야말로 강력한 왕자 아니겠는가! 하지만 나는 더 가져야 해
– 훨씬 더. 지구상에 나보다, 나와 동등한 힘을 가진 사람이 절
대 존재하지 않도록."

sentence 065

The conquered kings were chained up with golden fetters to
his chariot when he drove through the streets of his city.

그에게 정복된 왕들은 그가 그 도시의 거리를 행차하는 동안

그의 전차에 묶여 다녔습니다.

그렇게 그의 악명은 점점 높아지고, 그의 부도 쌓여 갔습니다. 이웃 나라들을 차차 정복하면서 그의 성은 점점 거대해져 갔습니다. 웅장한 궁전에서 그치지 않고, 이제는 교회와 다양한 건물을 화려하게 치장하기에 이르렀습니다. 수많은 피를 뿌려서 얻은 재산들로 만든 도시는 정말 아름다웠습니다. 그는 자신의 도시가 아름답다고 생각했지만, 여전히 만족하지는 못했습니다. 왕자는 더 많은 것을 원했습니다.

"이 땅 위의 어떤 힘도 나와 동등할 수 없고, 동등해서는 안된다!"라고 왕자는 말했습니다. 그리고 실제로 그는 땅 위의 어떤 존재도 본인만큼 권력을 갖지 못하기를, 그리고 지배하지 못하기를 바랐습니다. 이러한 왕자의 욕심은 다시 전쟁으로 이어졌습니다. 세상에서 가장 강한 존재가 되겠다는 마음은 그로 하여금 이웃 나라를 하나씩 정복하게 했습니다.

왕자는 전쟁을 벌이고, 나라를 점령한 후에 그 나라의 왕을 전차에 묶어 행진했습니다. 한때 도시를 다스리던 권력을 가진 왕들은, 왕자와 신하들이 식탁에 앉아서 식사를 할 때 그들의 발밑에 무릎을 꿇고 앉아 본인과 가족들의 목숨을 구걸해야 했습니다.

왕자는 그렇게 실패 없이 성공을 거듭했습니다. 그 누구도 그보다 강한 사람은 세상에 존재하지 않을 것만 같았습니다. 그는 왕궁에, 공공장소에, 도시에, 그의 기념비적인 동상을 세웠습니다. 그는 자신의 동상이 성스러운 곳들에도 세워지길 원했습니다. 그는 사제들에게 가서 신전에 자신의 동상을 세우지 않겠냐고 이야기했습니다.

하지만 사제들은 동상을 세우기를 거부했습니다. "당신이 강한 왕자인 건 알고 있습니다. 하지만 신은 인간보다 대단한 존재입니다. 우리는 신을 섬기기 때문에, 전하의 명을 따를 수가 없습니다." 왕자는 이에 분노했습니다. 그는 신을 정복해 사제들과 신을 믿는 사람들에게 자신의 권능을 뽐내야겠다고 다짐했습니다. 그날부터 그는 신하들을 시켜 신을 정복하기 위한 배를 꾸미기 시작했습니다. 왕자가 타게 된 배는 수백 마리의 독수리가 끄는 배였고, 수천 발의 총알과 화살이 장전되어 있었습니다. 그 중앙에 왕자가 앉았고, 신을 향한 정복 전쟁이 시작되었습니다.

sentence 066

These kings had to kneel at his and his courtiers' feet when they sat at table, and live on the morsels which they left.

이 왕들은 그와 그의 신하들이 식탁에 앉았을 때 그들의 발 아래 무릎을 꿇고 앉았고, 그들이 떠난 자리에는 시신만이 남아 있었습니다.

sentence 067

"Prince, you are mighty indeed, but God's power is much greater than yours; we dare not obey your orders."

"왕자님, 당신은 정말 강하신 분입니다. 그러나 신의 능력은 당신보다 훨씬 크십니다. 우리는 감히 그분을 무시하고 당신의 명령을 따를 수 없습니다."

sentence 068

"Well." said the prince. "Then I will conquer God too."

"글쎄." 왕자가 말했습니다. "그럼 내가 신을 정복하면 되겠군."

sentence 069

Hundreds of eagles were attached to this ship, and it rose with the swiftness of an arrow up towards the sun.

이 배에는 수백 마리의 독수리가 매여 있었고, 태양을 향해 화살이 날아오를 만큼 빠르게 솟아올랐습니다.

The prince sat in the centre of the ship, and had only to touch a spring in order to make thousands of bullets fly out in all directions, while the guns were at once loaded again.

왕자는 배의 한가운데에 앉아, 손가락을 까딱하는 것만으로도 수천 발의 총알을 모든 방향으로 발사할 수 있고, 한 번에 장전 가능한 배를 조종했습니다.

The earth was soon left far below, and looked, with its mountains and woods, like a cornfield where the plough had made furrows which separated green meadows.

땅과 숲과 산들은 어느새 저 멀리에 남겨졌습니다. 쟁기가 만든 고랑들은 푸른 초원을 분리하는 옥수수밭처럼 보였습니다.

왕자가 탄 배는 빠르게 날아올랐습니다. 점점 땅이 아득해져 옥수수밭처럼 보이기 시작하고, 수평선으로부터 멀어졌습니다. 땅에 있는 사람들의 시선에서 왕자의 배는 점점 작아지더니, 안개와 구름 속으로 완전히 사라졌습니다. 독수리들은 왕자의 배를 매달고 하늘로 올라갔습니다. 신은 수많은 천사 중

단 한 명만 보내 왕자를 상대했습니다. 왕자는 수천 발의 화살을 발사했지만, 천사의 빛나는 날개는 모든 공격을 튕겨냈습니다. 깃털에서 나온 한 방울의 피가 배에 떨어지자, 피가 떨어진 부분은 불에 타고 배는 갑자기 천 근의 추를 단 듯이 빠르게 추락했습니다.

배가 추락한 곳에서 불길이 솟았습니다. 불을 뿜는 용처럼 배는 화염에 휩싸였습니다. 왕자는 배 안에 반쯤 죽은 채로 누워 있었습니다. 거의 목숨을 잃을 뻔했지만, 그는 포기하지 않았습니다. "나는 신을 정복할 것이다. 맹세한다. 나의 의지는 단순한 의지가 아니다."라고 곱씹었습니다. 그리고 다시 수년간 배를 만들기 위해 준비했습니다.

7년이라는 시간이 지나고 그가 다시 공격을 개시할 때, 신은 이번에는 천사도 아닌 귀뚜라미 떼를 보냈습니다. 왕자 주변에서 소음을 내며 괴롭히던 벌레들을 왕자는 손쉽게 처리하지 못했습니다. 칼을 뽑아 아무리 휘둘러도 귀뚜라미들을 잡을 수는 없었지요. 그는 신하에게 본인을 감쌀 덮개를 가져올 것을 요청했습니다.

그러나 덮개를 덮었음에도 몸 안에 들어온 한 마리의 귀뚜라미가 끝까지 그를 괴롭혔습니다. 그는 괴로워하며 옷과 덮개를 다 벗어버리고, 춤추듯 몸을 털어냈습니다. 그리고 결국 포기를 선언합니다. 신하들은 자신들의 왕자가 벌거벗은 채, 벌레 한 마리에 쩔쩔매는 광경을 보며 왕자를 비웃었습니다.

sentence 072

The wicked prince showered thousands of bullets upon him, but they rebounded from his shining wings and fell down like ordinary hailstones.

사악한 왕자는 그에게 수천 발의 화살을 퍼부었지만, 그 화살들은 그의 빛나는 날개에서 튕겨져 나와 우박처럼 땅으로 떨어졌습니다.

sentence 073

One drop of blood, one single drop, came out of the white feathers of the angel's wings and fell upon the ship in which the prince sat, burnt into it, and weighed upon it like thousands of hundredweights, dragging it rapidly down to the earth again.

한 방울, 딱 한 방울의 피가 날개에서 떨어졌습니다. 그 한 방울의 피는 왕자가 앉아 있는 배에 떨어지면서 그 자리를 태웠습니다. 그리고 수백 킬로그램의 무게로 변해 배를 땅바닥으로 빠르게 끌고 갔습니다.

The strong wings of the eagles gave way, the wind roared round the prince's head, and the clouds around—were they formed by the smoke rising up from the burnt cities?—took strange shapes, like crabs many, many miles long.

독수리의 날갯짓에 강한 바람이 불고, 바람은 왕자의 머리를 휘감고 울부짖었습니다. 구름도 그를 감싸고 이상한 모양으로 변했는데 – 마치 왕자가 일으켰던 전쟁에 의해 불탔던 도시들처럼요 – 길이가 수십 마일이나 되었습니다.

The prince was lying half-dead in his ship, when it sank at last with a terrible shock into the branches of a large tree in the wood.

왕자는 배 안에서 반쯤 죽은 채로 누워 있었는데, 마침내 큰 나뭇가지에 크게 충돌한 뒤에야 땅으로 추락했습니다.

"I will conquer God!" said the prince. "I have sworn it: my will must be done!"

"나는 신을 정복해야 해!" 왕자가 외쳤습니다. "나는 정복해야 한다고, 내 의지는 어떻게든 이루어질 거야!"

sentence 077

He gathered warriors from all countries, so many that when they were placed side by side they covered the space of several miles.

그는 모든 나라의 용사들을 모았습니다. 그들이 한 줄로 정렬했을 때, 수 마일의 공간을 덮을 정도로 많은 전사들을 모았습니다.

sentence 078

The servants carried out his orders, but one single gnat had placed itself inside one of the coverings, crept into the prince's ear and stung him.

신하들은 그의 명령에 따라 주었지만, 한 마리의 귀뚜라미가 그 사이로 파고들어서 왕자의 귀를 쏘았습니다.

sentence 079

The place burnt like fire, and the poison entered into his blood. Mad with pain, he tore off the coverings and his clothes too.

그 상처는 불에 덴 듯 아팠고, 독이 그의 핏속으로 들어갔습니다. 미칠 것 같은 고통에, 그는 옷과 천을 다 찢어 버렸습니다.

어느 나라든 '욕심이 과해 파멸을 불러일으킨 왕 이야기'는 동화로 존재하는 것 같습니다. 안데르센도 과한 욕심이 불러오는 재앙을 주제로 쓴 동화들이 여러 편 있습니다. 다만 이 작품의 특이점은 '신'에 도전하는 왕족의 이야기라는 점입니다. 감히 신의 영역을 넘보려다 실패한 인간들이 다양하게 묘사되고 있는데, 정복자로서 많은 업적을 이뤄낸 왕자는 결국 귀뚜라미 한 마리에 의해 굴복하면서 조롱당하는 채로 이야기의 결말을 맞게 됩니다.

다소 소박한 결말 같기도 하지만, 작품의 앞에서 그가 이야기하죠. '누구든 자신의 이름을 들으면 떨 정도로, 그리고 자신보다 강한 사람이 세상에 없도록' 강해지는 것이 목표라고요. '위대하다'라는 칭송을 듣는 것을 인생에서 가장 큰 가치관으로 삼고 살아오던 왕자가 비웃음을 사며 신을 정복하는 데 실패하는 것만큼 인과응보적인 결말은 또 없을 것이라는 생각이 듭니다. 중간에 왕자가 신에게 도전하는 것을 멈췄다면, 적어도 그는 인간 중 가장 강한 정복자가 되지 않았을까요? 욕심이 결국 파멸을 불러온 모습을 볼 수 있습니다.

이야기의 초점은 '왕자'에게 맞춰져 있지만, 안데르센은 이 작품을 통해서 당시 전쟁의 참상을 고발하고 있습니다. 원작에서는 불타는 논밭, 재가 되어버린 건물들, 피골이 상접하도록 가난하게 살고 있는 아이와 가족들을 자세히 묘사하며 비극의 참상에 우리가 서 있는 듯한 느낌을 줍니다.

안데르센은 개인적인 경험들도 작품에 많이 투영하고 있지만, 〈성냥팔이 소녀〉, 〈사악한 왕자〉 같은 작품들에는 그가 살던 사회의 모습을 투영해서 잔혹한 현실을 동화로 녹여내고 있기도 합니다.

내 문장 속 안데르센

해당 문장은 이 작품의 주제입니다. 영어나 한국어 표현을 보고 자기만의 방식
으로 의역하거나 그대로 필사해 보면서 안데르센의 문장을 사유해 보세요.

sentence 080

Soldiers, who now mocked at him, the mad prince, who
wished to make war with God, and was overcome by a single
little gnat.

신과 전쟁을 일으키려는 광기 어린 왕자였던 그가 작은 귀뚜
라미에게 당하며 쩔쩔매는 모습을 보고, 장교들은 그를 비웃
었습니다.

....

....

....

....

....

....

Part. 2

목숨과 맞바꾼
사랑 잔혹동화

2장의 네 작품에선 사랑을 통해 우리 존재의 의미를 실현할 것을 강조하는 안데르센을 마주할 수 있습니다. 안데르센은 이 작품들을 통해 개인의 욕망과 이해관계를 넘어선 '사랑'이라는 진정한 행복을 찾는 주인공들을 보여줍니다. 사랑 때문에 기꺼이 희생하고 변화하는 주인공을 보며 우리가 어떤 것을 중요하게 생각하고, 어떤 것이 우리의 삶에 진정한 가치를 부여하는지를 깨닫게 될 것입니다.

내 하반신을 당신에게 드릴게요

The Little Mermaid_인어공주

인어공주는 깊은 바닷속에서 바다를 다스리는 왕의 여섯 딸 중 막내로 태어났습니다. 여섯 공주는 모두 아름다웠지만 막내 인어공주는 그중에서도 가장 아름다웠습니다. 하반신은 물고기 꼬리로 덮여 있었지만, 그럼에도 아름다운 미모는 감출 수 없었습니다.

인어공주는 땅 위의 인간 세상에 관한 이야기를 듣는 것을 좋아했습니다. 높이 떠 있는 태양을 동경했고 침몰한 배에서 떨어진 인간 소년의 모습을 한 조각상을 아꼈습니다. 하지만 어린 공주는 한 번도 수면 위 세상을 본 적이 없었습니다. 인어들은 열다섯 살이 되어야 수면 위로 올라가 인간 세상을 볼 수 있었기 때문입니다.

언니들이 차례로 인간 세상을 구경하고 각자가 즐기는 풍경을 눈에 담고 돌아오는 동안, 인어공주는 언니들의 이야기를 듣는 것밖에 할 수 없었습니다. 그리고 마침내 열다섯 생일을 맞은 인어공주는 수면 위로 올라가도 된다는 허락을 받았습니다. 인어공주가 수면 위로 고개를 내밀었을 때, 막 해가 진 아름다운 저녁 풍경을 보게 됩니다.

우연히도 그날은 왕자의 생일이었는데, 배에서 왕자를 위한 생일 파티가 열리고 있었습니다. 인어공주는 왕자의 모습에 매료되어 눈을 떼지 못했습니다. 그때, 갑자기 폭풍이 일며 높게 솟은 파도가 배를 덮쳤습니다. 인어공주는 필사적으로 헤엄쳐 바다에 빠진 왕자를 구합니다. 폭풍우가 잦아들고 아침이 오자 인어공주는 왕자를 모래사장에 눕히고, 그가 죽지 않도록 몸을 따뜻하게 덥혀줍니다.

sentence 081

But the mermaid's voice was so sweet that she sang more beautifully than anyone else, so her sisters would allow her to swim at night near the surface of the water, where she could watch the ships sailing by and listen to the sounds of human music.

하지만 인어공주의 목소리는 정말 달콤해서 누구보다 아름답게 노래를 불렀습니다. 인어공주의 언니들은 그녀가 밤에 수면 근처를 헤엄쳐 다니는 것을 허락했습니다. 그곳에서 그녀는 항해하는 배들을 구경하고 인간들의 음악 소리를 들을 수 있었습니다.

sentence 082

She could see that the prince was growing pale and cold, and that he would die soon unless she helped him.

그녀는 창백한 왕자를 보고 그가 추위를 느낀다는 사실을 알았고, 그녀가 도와주지 않으면 곧 죽을 것임을 알고 있었습니다.

sentence 083

The sun rose up red and glowing from the water, and its beams brought back the hue of health to the prince's cheeks; but his eyes remained closed.

빛나는 태양은 붉게 타오르며 물에서 떠올랐고, 그 빛은 왕자의 뺨에 다시 혈색을 가져다주었지만, 왕자는 눈을 감고 있었습니다.

sentence 084

You want to get rid of your fish's tail, and to have two supports instead of it, like human beings on earth, so that the young prince may fall in love with you, and that you may have an immortal soul.

결국 네가 원하는 건, 물고기의 꼬리를 없애고 두 다리를 갖고 싶은 거겠지, 사람들처럼. 그렇게 젊은 왕자는 너와 사랑에 빠지고, 너의 영혼 역시 구원받겠지.

sentence 085

But she could not speak to him, for then her tongue would be loosened, and she would reveal her secret, and the witch would take away her power and her beauty.

하지만 그녀는 왕자와 대화할 수 없었습니다. 말을 하려고 하면 그녀의 혀가 느슨해지며 그녀의 비밀이 드러나고, 마녀는 그녀의 힘과 아름다움을 빼앗을 것이기 때문입니다.

이윽고 날이 밝자 왕자는 천천히 눈을 뜹니다. 그는 인어공주를 보고 희미하게 웃더니 다시 의식을 잃습니다. 왕자가 살아났다는 기쁨에 눈물 흘리던 인어공주는 주위가 밝아지자 서둘러 바위 뒤에 몸을 숨깁니다. 그러자 마침 지나가던 한 소녀가 왕자를 위해 사람들에게 도움을 청합니다.

슬픔에 잠겨 바닷속으로 돌아간 인어공주는 언니들의 도움으로 왕자가 누구인지, 어디에 사는지 알게 됩니다. 그녀는 왕자와 인간 세상에 완전히 마음을 빼앗겨 버립니다.

결국 인어공주는 바다 마녀를 찾아가 도움을 청하고, 그녀는 인어공주에게 당부합니다. 인간이 되기 위해서는 칼로 몸을 가르는 고통을 견뎌야 하며, 인간이 되면 한 걸음 옮길 때마다 칼 위를 밟는 것처럼 고통스러울 것이고, 다시는 인어로 되돌아올 수 없다고요. 그리고 인어공주에게 대가로 아름다운 목소리를 요구합니다.

대가를 치른 인어공주에게 마녀는 마법의 약을 내밀었습니다. 가혹한 대가와 고통에도, 왕자의 사랑을 얻지 못하면 인간만이 지닌 불멸의 영혼을 얻지 못해 물거품이 되어 사라지는 운명에도, 인어공주의 결심은 굳건했습니다. 약을 마신 인어공주는 고통에 정신을 잃고 쓰러집니다.

깨어난 인어공주의 눈앞에는 꿈에 그리던 왕자가 서 있었습니다. 왕자는 인어공주를 마음에 들어 했고, 자신의 곁에 머무르게 했습니다. 함께 보내는 시간이 늘어갈수록 왕자는 인어공주의 자연스러운 아름다움과 순진한 매력에 빠져 공주를 좋아하게 됩니다. 언젠가 결혼한다면 그녀와 하겠다며 인어공주에게 사랑과 희망을 주기도 했습니다. 하지만 시간이 흐를수록 왕자는 점차 인어공주가 귀찮게 느껴지기 시작했습니다.

sentence 086

The sea-witch warned her that once she became a human, she could never return to the sea.

바다 마녀는 그녀에게 인간이 된다면, 절대로 바다로 돌아갈 수 없다고 경고했습니다.

sentence 087

The little mermaid drank the magic potion, and it felt as if a two-edged sword were passing through her delicate body.

인어공주는 마법의 약을 마셨습니다. 그러자 그녀의 섬세한 몸을 날카로운 칼날이 통과하는 것 같은 고통이 느껴졌습니다.

sentence 088

The first morning after he marries another your heart will break, and you will become foam on the crest of the waves.

그가 만약 다른 사람과 결혼한다면, 그다음 날 아침에 네 심장은 무너지고 너는 파도가 철썩거리는 동안 그 위에 떠다니는 물거품이 되겠지.

The foam was lifted higher and higher, and finally it took the form of a young girl, who gazed up at the prince with her dark blue eyes.

물거품은 물결 위로 점점 더 높이 올라가다가 마침내 젊은 소녀의 모습을 갖추게 되었습니다. 그녀는 어둠 속에서 반짝이는 커다란 파란 눈으로 왕자를 바라보았습니다.

She smiled and shook her head, and the prince knew that she was the one who had saved him in the midst of the raging sea.

그녀는 웃으며 머리를 흔들었고, 왕자는 폭풍우가 몰아치던 바다에서 그를 구해준 여자가 바로 이 여인이라는 것을 알게 되었습니다.

그러던 어느 날, 이웃 나라의 공주가 왕자에게 혼인을 제안합니다. 이 소식을 반기는 왕과 왕비를 보고 왕자의 마음도 흔들리기 시작합니다. 그러나 인어공주를 배신한다는 것은 힘든 일이었습니다. 하지만 그는 이웃 나라 공주의 모습을 본 순간 마음을 바꾸어 버립니다.

왕자는 결국 이웃 나라 공주와 함께 결혼식을 위해 만든 화려한 배에 오릅니다. 그 배에는 인어공주도 함께 있었습니다. 왕자를 향한 사랑과 오늘 밤이 지나면 사라질 자신의 운명에 아파하던 인어공주의 앞에 언니들이 나타납니다.

언니들은 그들의 풍성하고 아름다운 머리카락을 마녀에게 주고 인어공주의 목숨을 구할 수 있는 칼을 받아왔습니다. 날카로운 칼을 건네며, 인어공주에게 왕자의 심장을 찔러야 한다고 말합니다. 왕자의 피를 다리에 뿌리면 다시 물고기의 꼬리를 되찾을 수 있다고요.

인어공주는 왕자의 침실로 찾아갔지만 그를 찌르지 못했습니다. 대신 바다에 몸을 던졌습니다. 인어공주는 서서히 물거품으로 변해갔습니다. 그러자 공기의 요정들이 나타나 음악처럼 투명하고 아름다운 목소리를 냈습니다. 공기의 요정들은 300년 동안 온갖 생물들을 위해 좋은 일을 하면 불멸의 영혼을 얻을 수 있다고 설명합니다. 인어공주는 결국 그들과 같은 모습이 되어 함께하게 됩니다.

sentence 091

The sea witch laughed, knowing that she had tricked the mermaid and taken away her voice.

바다 마녀는 인어공주를 함정에 빠트려 그녀의 목소리를 빼앗
는 데 성공했다는 사실에 웃음을 터뜨렸습니다.

sentence 092

She gazed after him, even when the distance grew so great that
she could no longer see him or hear the music of his ship.

그녀는 그를 바라봤습니다. 점점 멀어지는 그의 배에서 음악
이 더 이상 들리지 않을 때까지요.

sentence 093

Before the sun rises you must plunge it into the heart of the
prince; when the warm blood falls upon your feet they will
grow together again, and form into a fish's tail, and you will
be once more a mermaid, and return to us to live out your
three hundred years before you die and change into the salt
sea foam.

해가 뜨기 전에, 네가 왕자의 심장을 찌르면 돼. 왕자의 피가
바닥에 떨어지고 네 발에 닿으면, 그건 인어 꼬리로 다시 자라
나게 될 거고 넌 인어로 돌아올 수 있을 거야. 그리고 우리에게
돌아와. 우리는 네가 바다의 물거품으로 변하게 둘 수 없어.

But the mermaid's voice was the sweetest sound he had ever heard, and he forgot his fear as he listened to her sing.

인어공주의 목소리는 그가 들어본 소리 중 가장 달콤한 소리 였고, 그녀가 노래하는 것을 듣는 동안 그는 두려움을 잊어버 렸습니다.

The prince leaned down and kissed her on the forehead, and as he did, the mermaid's body dissolved into foam on the surface of the water.

왕자는 고개 숙여 이웃 나라 공주의 이마에 입을 맞추었고, 그 때 인어공주의 몸은 물거품으로 사라졌습니다.

The little mermaid lifted her glorified eyes towards the sun, and felt them, for the first time, filling with tears.

인어공주는 고개를 들어 태양과 그녀의 맑은 눈을 마주쳤습니 다. 그리고 태어나서 처음으로 태양의 눈물이 차오르는 걸 느 꼈죠.

Then she threw herself from the ship into the sea, and thought that her body was dissolving into foam.

그러자 그녀는 배에서 바다로 뛰어들었고, 그녀의 몸이 물거품이 되어 사라지는 것 같았습니다.

But the little mermaid had no fear, for she knew that she was doing the right thing, and that she would soon be reunited with her sisters once again.

하지만 인어공주는 두렵지 않았습니다. 그녀는 옳은 일을 하고 있음을 알고 있었으며, 곧 다시 자기 자매들과 재회할 것을 알고 있었습니다.

She did not feel the pain, but rather a sensation of ecstasy as if she were being lifted up toward the light.

그녀는 고통을 느끼기보단 오히려 빛을 올려다보는 것 같은 황홀함을 느꼈습니다.

〈인어공주〉는 안데르센의 대표작으로 동화하면 가장 먼저 떠오르는 작품 중 하나입니다. 또한 새드엔딩으로 끝나는 동화 중에서는 가장 잘 알려진 작품이며 인어의 이미지가 공주가 된 데에도 결정적인 영향을 끼쳤습니다. 이렇게 파급력이 큰 작품이다 보니 안데르센의 행보에도 많은 도움을 주었습니다. 안데르센이 이전에 집필한 〈미운 오리 새끼〉나 〈엄지공주〉는 인어공주의 성공 이후 비로소 재조명받을 수 있었습니다.

사실 이 작품은 안데르센이 오랫동안 짝사랑하던 에드워드 콜린의 결혼 소식을 듣고 상실감에 빠져서 집필한 동화였습니다. 에드워드 콜린은 안데르센과 같은 남자였는데, 안데르센의 종교적 신념도, 누구와도 깊은 관계를 맺지 않고 살아가겠다는 결심도 그를 향한 마음을 막을 수는 없었습니다.

실연의 아픔 속에서 안데르센은 〈인어공주〉를 집필했고, 미완성 습작들에서 노골적인 자신의 경험을 드러내며 동성을 향한 사랑을 은유한 것으로 학자들은 해석합니다.

사회적 통념, 종교적 신념, 그리고 상대의 애정까지. 모든 것이 어긋나버린 연심 앞에서 고뇌하던 안데르센은 물거품이 된 인어공주라는 슬픈 결말로 자신의 감정을 녹여냈습니다. 하지만 거기에 그치지 않고 공기의 요정이 되어 다른 이들을 도우며 살아가면서 왕자에게서 얻지 못했던 '불멸의 영혼'을 인어공주 스스로 얻는다는 결말로 희망을 제시했습니다.

하지만 이루어지지 못한 인어공주의 사랑은 많은 독자에게 이 작품이 새드엔딩이라고 받아들이게 했습니다. 세상에는 여러 비극이 있지만 이루어질 수 없는 사랑처럼 슬픈 비극은 없는 듯합니다. 다시 한번 〈인어공주〉를 읽으며 실연의 아픔에 공감하고, 스스로 불멸의 영혼을 얻어낸 인어공주를 상상해 보세요. 어쩌면, 마음의 치유가 필요할 때 인어공주의 이야기가 도움이 될지도 모르겠습니다.

🐦 내 문장 속 안데르센

해당 문장은 이 작품의 주제입니다. 영어나 한국어 표현을 보고 자기만의 방식으로 의역하거나 그대로 필사해 보면서 안데르센의 문장을 사유해 보세요.

sentence 100

She knew that she could never be with him, but still, she couldn't help loving him with all of her heart.

인어공주는 왕자와 함께 할 수 없다는 것을 알고 있었지만, 그녀가 할 수 있는 것은 온 마음을 다해서 그를 사랑하는 것밖에 없었습니다.

독침으로 오빠의 혀를 찌른 이유

The Elf of the Rose_장미의 요정

장미 나무 한 그루가 정원 한가운데 꽃을 활짝 피우고 있었습니다. 그중에서도 가장 아름다운 장미꽃 속에는 작은 요정이 살았습니다. 날씨 좋은 어느 날, 햇볕 아래서 놀던 요정이 집에 미처 도착하기도 전에 날이 저물었습니다. 어둠이 드리우고 꽃잎이 모두 닫혀 버리자, 요정은 덩굴이 자라는 정자가 있는 정원 반대편으로 날아갔습니다.

그런데 그곳에서는 두 남녀가 은밀하게 사랑을 나누고 있었습니다. 두 사람은 약혼한 사이였지만 여인의 오빠는 여동생의 약혼자가 마음에 들지 않았습니다. 그래서 여인의 오빠는 남자에게 임무를 주어 그를 먼 곳으로 보내버렸고, 둘은 어쩔 수 없이 헤어지게 되었습니다. 현실을 받아들일 수 없었던 여인은 남자에게 장미꽃 한 송이를 주었습니다.

남자에게 장미꽃을 건네주기 전에 여인은 꽃에 여러 번의 입맞춤을 했습니다. 그 덕에 장미꽃은 활짝 피어 있었고, 이 모습을 본 요정은 장미꽃 안으로 들어갔습니다. 남자가 요정이 들어 있는 장미꽃을 가슴에 꽂자 이별의 시간이 다가왔습니다.

　　여인과 헤어진 남자는 어두운 밤길을 걸어가며 꽃에 입을 맞추었습니다. 그때 누군가 나타나 남자를 칼로 찔러 죽였습니다. 바로 여인의 오빠였습니다. 그는 남자의 시신을 나무 아래에 묻었습니다. 그러고는 혼자 깜깜한 밤길을 헤치며 집으로 돌아왔습니다. 그러나 그는 혼자 집으로 돌아가지 않았습니다. 땅을 파서 남자를 묻을 때, 그의 가슴에 꽂혀 있던 장미꽃에서 나온 요정이 오빠의 어깨에 올라타 함께 집으로 돌아온 것입니다.

sentence 101

　　Oh, what sweet fragrance there was in his chambers! and how clean and beautiful were the walls! for they were the blushing leaves of the rose.

　　그의 방은 정말 깨끗했고, 향긋한 냄새가 났어요. 무엇보다 벽돌색 이파리로 둘러싸인 장미꽃 속의 방은 정말 아름다웠답니다.

"But we must part," said the young man; "your brother does not like our engagement, and therefore he sends me so far away on business, over mountains and seas. Farewell, my sweet bride; for so you are to me."

"우리는 헤어져야 해." 젊은 남자가 말했습니다. "네 오빠가 우리의 약혼을 마음에 들어 하지 않잖아. 그래서 나를 사업을 처리하라고 저 멀리 보내는 거겠지. 잘 있어, 내 소중한 신부야. 곧 돌아올게요."

And then they kissed each other, and the girl wept, and gave him a rose; but before she did so, she pressed a kiss upon it so fervently that the flower opened.

그러자 그들은 서로 키스를 하고, 그 여인은 눈물을 흘리며 그에게 장미 한 송이를 주었습니다. 그녀는 장미를 건네주기 전에 장미 이파리가 전부 열릴 정도로 장미에 키스를 퍼부었습니다.

He was going on a long journey over mountains and seas; it is easy for a man to lose his life in such a journey. My sister will suppose he is dead; for he cannot come back, and she will not dare to question me about him.

그는 산과 바다를 건너는 먼 여행을 떠난 게 되겠지, 사람은 그런 여행에서 목숨을 잃기 쉬운 법이니까 말이야. 여동생은 그가 죽었다고 생각할 거고, 그는 다시 돌아오지 못할 거고, 그녀는 나에게 더 이상 그에 대해 질문하지 못하겠군.

sentence 105

There lay the beautiful, blooming girl, dreaming of him whom she loved so, and who was now, she supposed, travelling far away over mountain and sea.

그곳에는 아름답고 꽃다운 소녀가 누워서 그녀가 사랑하는 이와 바다와 강을 건너며 여행하는 꿈을 꾸며 행복해하고 있었습니다.

오빠는 잠든 여동생을 보고 웃었습니다. 요정은 겁에 질린 채 분노로 몸을 떨었습니다. 그 순간, 오빠의 머리에 붙어 있던 나뭇잎이 이불 위로 떨어졌습니다. 요정은 자고 있는 여인에게 다가가 귓속말로 오빠가 저지른 만행을 알려 주었습니다.

잠에서 깬 여인은 요정이 알려 준 장소에 가서 남자의 시신을 발견했습니다. 차가운 시신에 입맞춤한 여인은 연인의 잘린 머리와 무덤가에 핀 재스민 한 송이를 꺾어 집으로 돌아왔습니다. 그녀는 방에 있는 화분에 죽은 연인의 머리를 묻고 그 위에 재스민 가지를 심었습니다.

그날 이후 여인은 괴로움에 몸부림쳤습니다. 요정은 그런 여인을 불쌍히 여겨 매일 그녀의 방으로 날아들었습니다. 점점 야위어 가는 여인과 다르게 방의 재스민은 날이 갈수록 싱싱하게 피어났습니다. 오빠는 재스민 화분을 보며 우는 동생을 미쳤다고 생각해 꾸짖었습니다. 잠든 여인 옆에 앉은 요정은 정자에서 여인이 연인과 함께했던 마지막 저녁과 요정들의 사랑 이야기를 속삭였습니다. 여인은 오랜만에 행복한 꿈을 꾸며 결국 사랑했던 연인의 곁으로 가고 말았습니다. 여인의 오빠는 동생의 재스민 화분을 자신의 침대 근처에 가져다 놓았습니다.

sentence 106

Oh, what bitter tears she shed! and she could not open her heart to any one for relief.

오, 그녀는 얼마나 쓰라린 눈물을 흘렸는가! 그리고 그녀는 누구에게도 안심하고 마음을 열지 못했습니다.

sentence 107

The window stood open the whole day, and the little elf could easily have reached the roses, or any of the flowers; but he could not find it in his heart to leave one so afflicted.

창문은 하루 종일 열려 있었고, 작은 요정은 장미나 꽃에 달라붙어 그녀를 떠날 수 있었지만, 그렇게 괴로운 사람을 남겨두고 차마 발걸음을 옮길 수 없었습니다.

sentence 108

Oh, how she wept and prayed that she also might die!

오, 그녀가 얼마나 많은 눈물을 흘리며 그녀 또한 죽을 수 있기를 기도했는지!

sentence 109

As soon as she was in her room, she took the largest flower-pot she could find, and in this she placed the head of the dead man, covered it up with earth, and planted the twig of jasmine in it.

그녀는 방에 들어가자마자 그녀가 찾을 수 있는 가장 큰 화분을 찾아 그 화분에 죽은 남자의 머리를 넣고, 흙으로 덮은 뒤 그 안에 재스민 가지를 심었습니다.

sentence 110

But the rose was faded; only a few dry leaves still clung to the green hedge behind it.

그러나 장미는 빛이 바랬습니다. 단지 몇 개의 마른 잎들만이 여전히 뒤에 있는 녹색 울타리에 붙어 있었습니다.

한편, 장미 요정은 재스민 요정들에게 살해당한 남자 이야기를 해 주었습니다. 재스민 요정들은 죽은 남자의 눈과 입에서 나온 요정이었습니다. 요정들은 꿀벌들에게도 살인자 오빠의 이야기를 들려주었는데, 그 소문은 여왕벌의 귀에까지 들어갔습니다. 여왕벌은 당장 그 살인자를 죽이라는 명령을 내렸습니다.

아침이 되자 장미 요정은 꿀벌들과 함께 살인자에게로 향했습니다. 그러고는 뾰족한 독침으로 자고 있던 오빠의 혀를 찔렀습니다. 이 사실을 모르는 사람들은 여인의 오빠가 재스민 향기 탓에 죽었다고 생각했습니다.

장미 요정은 통쾌한 복수 소식을 여왕벌에게 전했습니다. 그런 다음, 벌들과 함께 윙윙거리며 화분 둘레를 날아다녔습니다. 그러던 중 누군가 재스민 화분을 밖에 내놓으려고 하자 벌한 마리가 그의 손을 쏘았습니다. 그 바람에 화분이 떨어져 깨졌고 그 속에 묻혀 있던 해골이 드러났습니다. 사람들은 죽은 오빠가 살인자라는 사실을 알게 되었습니다. 여왕벌은 공중을 빙빙 돌면서 장미 요정의 복수를 축하했습니다. 그리고 작은 잎 속에 사는 장미 요정이 나쁜 사람에게 벌을 준다고 노래했습니다.

sentence 111

Every morning he flew to the window of the poor girl, and always found her weeping by the flower pot.

매일 아침 요정은 불쌍한 여인의 창문으로 날아갔고, 항상 그녀가 화분 옆에서 울고 있는 것을 발견했습니다.

sentence 112

And the jasmine opened its large white bells, and spread forth its sweet fragrance; it had no other way of showing its grief for the dead.

그리고 재스민은 자신의 흰 봉우리를 열어, 향긋한 향을 잔뜩 뿜어냈습니다. 그것은 재스민이 그 죽음을 애도할 수 있는 가장 좋은 방법이었습니다.

But the wicked brother considered the beautiful blooming plant as his own property, left to him by his sister, and he placed it in his sleeping room, close by his bed, for it was very lovely in appearance, and the fragrance sweet and delightful.

그러나 그 사악한 오빠는 아름다운 꽃이 피는 식물을 자신의 소유물로 여겼고, 그는 자기 방 침대 가까이에 그 식물을 놓아 두었습니다. 왜냐하면 그 식물은 외관이 매우 아름답고 향기가 달콤했기 때문입니다.

The elf of the rose could not understand how they could rest so quietly in the matter, so he flew to the bees, who were gathering honey, and told them of the wicked brother.

장미 요정은 다른 요정들이 어떻게 이 일에 대해서 침묵할 수 있는지 이해할 수 없었습니다. 그래서 그녀는 벌들에게 달려가 그 사악한 오빠의 만행을 이야기했습니다.

But during the night, the first after the sister's death, while the brother was sleeping in his bed, close to where he had placed the fragrant jasmine, every flower cup opened, and invisibly the little spirits stole out, armed with poisonous spears.

하지만 여동생이 죽은 다음 날 밤, 오빠가 그의 침대 근처에 향기로운 재스민 나무를 두고 자는 동안, 모든 꽃봉오리가 열리고 보이지 않는 독침들이 튀어나와 그를 찔렀습니다.

sentence 116

"Now have we revenged the dead." said they, and flew back into the white bells of the jasmine flowers.

"이제 죽은 자들의 복수를 마쳤군."이라고 말하며, 그들은 다시 재스민 꽃 속의 흰 봉오리 안으로 돌아갔습니다.

sentence 117

Then the elf of the rose understood the revenge of the flowers, and explained it to the queen bee, and she, with the whole swarm, buzzed about the flower-pot.

장미 요정은 그제야 꽃들의 복수 방식을 이해하고 여왕벌에게 설명했습니다. 여왕벌은 데려온 무리와 함께 꽃병 주변에서 윙윙댔습니다.

sentence 118

For the little elf was only a child himself, and he knew all about the story.

여왕벌은 허공에서 콧노래를 부르며, 꽃들과 장미 요정들의 복수를 노래했습니다. 가장 작은 잎 뒤에, 악행을 발견하고 그들을 처벌할 수 있는 사람이 살고 있다고 말했습니다.

sentence 119

Everything you look at can become a fairy tale and you can get a story from everything you touch.

당신이 본 모든 것이 동화가 될 수 있고, 당신이 만진 모든 것으로부터 이야기를 얻을 수 있습니다.

안데르센의 〈장미의 요정〉은 날카롭지만 아름다운 사랑을 그렸습니다. 보편적인 사랑 이야기를 다루면서 여러 인간 군상을 보여 주는 동화이기도 합니다. 아이들이 보는 동화라고 해서 단순히 예쁜 꽃과 요정들이 등장하는 것은 아닙니다. 이 동화는 아름다움에 대한 인간의 탐욕, 그로 인한 비극적인 결말을 경고하며 예쁜 공주들이 행복한 결말을 맞는 동화들과 차별점을 두었습니다. 작품에 상징적인 요소를 많이 담아 다양한 해석이 가능한 것도 〈장미의 요정〉의 매력입니다.

　제목의 '요정'만 해도 다양한 의미로 해석되기 때문에 각자 동화에 대해서 여러 가지 이미지를 떠올려 볼 수 있습니다. 요정은 전통적인 동화의 등장인물로서 예언이나 마법 혹은 지혜 등을 상징합니다. 그러나 종교적인 시각에서는 구원자나 천사를 상징하고 있기도 합니다.

　또한 '장미의 요정'이 인간의 다양한 감정과 삶에 대한 이해를 상징한다는 해석도 있습니다. 시간이 지나면 시드는 장미가 유한한 인간의 삶과 아름다움을 상기하기 때문이지요. 요정이 인간의 마음을 조정하여 지배하려는 것도 이성과 감정 간의 균형을 유지하기 위한 노력을 나타냅니다.

　아름답고 신비하면서도 잔혹한 요정이 주인공의 곁에서 주인공을 시험하고 조언하는 모습은 신의 대리자가 더 높은 위치에서 인간을 내려다보는 것과 유사합니다. 하지만 요정들 역시 주인공의 진심을 보고 감동하여 행복과 사랑을 찾아갈 수 있게 해 주는 결말은 결국 모든 유혹을 이겨낸 인간의 주체성을 강조하고 있습니다. 아름다움과 사랑의 가치, 그리고 자유와 인간 의지의 강인함에 대해 생각해 볼 수 있는 작품입니다.

내 문장 속 안데르센

해당 문장은 이 작품의 주제입니다. 영어나 한국어 표현을 보고 자기만의 방식
으로 의역하거나 그대로 필사해 보면서 안데르센의 문장을 사유해 보세요.

sentence 120

Sweetly she dreamed, and while she dreamt, her life passed
away calmly and gently, and her spirit was with him whom
she loved, in heaven.

그녀는 달콤한 꿈을 꾸었고, 그녀가 꿈을 꾸는 동안 그녀의 삶
은 차분하고 부드럽게 사라졌고, 그녀의 영혼은 그녀가 사랑
하는 그와 함께 하늘에 있었습니다.

처절한 운명적
모성애

The Story of a Mother_어머니 이야기

어느 겨울, 아주 매서운 바람이 불어닥칩니다. 추위 속에서 죽음의 그림자가 드리워진 아이의 안색을 바라보며 어머니는 슬퍼하고 또 슬퍼합니다. 그때 밖에서 누군가 문을 두드립니다. 문을 두드린 사람은 지저분한 모습의 노인이었습니다.

그는 집으로 들어와 꽁꽁 언 몸을 녹이며 아기 침대를 살살 흔듭니다. 그런 노인에게 어머니는 자신과 아기가 계속 살 수 있을 것 같은지 묻습니다. 혹여 신이 아이를 데려갈까 두려웠기 때문입니다. 그런데 사실 그 노인은 죽음이었습니다. 지친 어머니가 잠깐 조는 틈을 타 죽음은 아이를 데리고 떠나버립니다.

잠에서 깨어난 어머니는 그제야 아이가 없어진 것을 알아챕니다. 동시에 낡은 괘종시계의 큰 시계추가 굉음을 내며 떨어지면서 시계가 멈춥니다. 엄마는 즉시 아이를 찾아 뛰쳐나갔다가 검은 옷을 입고 앉아 있는 밤을 만납니다.

밤은 어머니에게 죽음의 행방을 알려주는 대신 대가를 요구합니다. 바로 어머니가 아이에게 매일 들려주던 자장가를 자신에게도 불러달라는 것입니다. 밤은 항상 감미로운 어머니의 노래에 귀 기울이고 있었기 때문입니다. 어머니는 오열하며 아이를 위해 부르던 자장가를 부릅니다. 그렇게 목소리가 쉴 때까지 노래를 부르고 난 뒤에야 원하던 죽음의 행방을 알아냅니다.

sentence 121

It was quite pale, and its little eyes were closed, and sometimes it drew a heavy deep breath, almost like a sigh; and then the mother gazed more sadly than ever on the poor little creature.

그 아이는 창백했고, 눈은 감겨 있었으며, 작은 숨을 무겁게 내뱉었습니다. 그 불쌍한 작은 아이 옆에는 아이의 어머니가 슬픈 눈빛으로 그를 응시하고 있었습니다.

sentence 122

The little child had dozed off to sleep for a moment, and the mother, seeing that the old man shivered with the cold, rose and placed a small mug of beer on the stove to warm for him.

어린 아이는 잠시 졸고 있었습니다. 노인이 추위에 떠는 것을 본 어머니는 장미와 한 잔의 음료를 따뜻하게 데워 그에게 주었습니다.

sentence 123

"You think I shall keep him, do you not?" she said. "Our all-merciful God will surely not take him away from me."

"저 아이가 저와 더 오랜 시간 함께 할 수 있겠죠?" 그녀가 말했습니다. "우리의 자비로운 신은 저 아이를 제게서 데려가지 않을 거라고 믿어요."

sentence 124

The old man was gone, and her child—it was gone too!—the old man had taken it with him.

그 노인은 사라졌습니다. 그리고 그녀의 아이도요! 노인이 그녀의 아이를 데려간 것이었습니다.

sentence 125

"I know the way." said the woman in the black garments; "but before I tell you, you must sing to me all the songs that you have sung to your child; I love these songs, I have heard them before. I am Night, and I saw your tears flow as you sang."

"나는 길을 알지."라며 검은 옷의 여인이 말했습니다. "하지만 말해 주기 전에, 당신은 밤마다 아이에게 불러주던 노래를 나에게 불러줘야 해. 나도 그 노래들을 좋아하거든. 나는 밤이야. 전에 그 노래들을 들은 적이 있지. 당신이 그 노래를 부를 때마다 눈물을 흘린다는 사실도 알고 있어."

밤이 가르쳐 준 대로 가던 어머니는 갈림길을 만나게 됩니다. 고민하던 그녀는 갈림길에 서 있던 가시덤불에게 죽음이 어디로 갔는지 물어봅니다. 가시덤불은 겨울밤이 너무 추우니 자신을 따뜻하게 안아준다면 죽음이 어디로 갔는지 알려주겠다고 합니다.

어머니는 뾰족한 가시덤불을 품에 꼭 껴안았습니다. 가시에 찔린 어머니의 가슴에서는 새빨간 핏방울이 흘러내립니다. 그 피와 어머니의 온기 덕분에 가시덤불은 추운 겨울밤에도 싱싱한 푸른 잎과 꽃을 피웁니다.

덤불이 알려준 방향으로 걷다 보니 어머니는 큰 호수에 도착합니다. 하지만 어머니에겐 호수를 건널 방법이 없었습니다. 그녀는 물을 다 마셔 버릴 생각으로 엎드립니다. 그러자 호수가 어머니에게 말을 겁니다.

호수는 어머니의 눈이 지금까지 본 어떤 진주보다 밝게 빛난다며 쉴 새 없이 눈물을 흘려 두 눈이 빠지면 자신에게 달라고 요구합니다. 호수 건너편, 죽음이 돌보는 온실로 데려다주겠다는 약속을 하면서 말입니다. 그 말에 어머니는 울고 또 울어 마침내 호수에 두 눈을 빠뜨립니다. 그렇게 어머니의 눈은 호수 바닥에 가라앉아 진주로 변합니다.

sentence 126

Then she pressed the bramble to her bosom quite close, so that it might be thawed, and the thorns pierced her flesh, and great drops of blood flowed; but the bramble shot forth fresh green leaves, and they became flowers on the cold winter's night, so warm is the heart of a sorrowing mother.

그녀는 가시덤불을 꼭 끌어안았습니다. 가시덤불이 녹도록, 그리고 가시가 그녀의 살을 뚫고 피를 흐르게 할 정도로요. 울고 있는 어머니의 품은 너무 따뜻해서, 한겨울에도 가시덤불에서 푸른 잎이 자라고 겨울밤에 꽃이 필 수 있었어요.

sentence 127

"I love to collect pearls, and your eyes are the purest I have ever seen. If you will weep those eyes away in tears into my waters, then I will take you to the large hothouse where Death dwells and rears flowers and trees, every one of which is a human life."

"나는 진주를 모으는 것을 좋아해요. 그리고 당신의 눈은 내가 여태 본 것 중 가장 맑네요. 당신의 눈이 내 물속으로 빠질 때까지 울어준다면 내가 당신을 죽음이 꽃과 나무를 키우는 곳, 사람의 목숨이 관리되는 곳으로 데려가 줄게요."

sentence 128

"Oh, what would I not give to reach my child!" said the weeping mother; and as she still continued to weep, her eyes fell into the depths of the lake, and became two costly pearls.

"내 아이에게 가기 위해서라면 그 무엇이든 못 줄까!" 어머니가 울며 말했습니다. 그리고 그녀는 계속 울었습니다. 그녀의 눈이 호수 깊은 곳으로 빠질 때까지, 두 개의 값진 진주가 될 때까지요.

sentence 129

But the poor mother could not see, for she had wept her eyes into the lake. "Where shall I find Death, who went away with my little child?" she asked.

하지만 불쌍한 어머니는 아무것도 볼 수 없었습니다. 그녀가 울어서 그녀의 눈을 호수에 주었기 때문입니다. "내가 어디서 내 아이를 데려간 죽음을 찾을 수 있을까?" 그녀가 물었습니다.

호수를 건너온 어머니는 이제는 아이를 만날 수 있을 것이라고 기대합니다. 온실을 지키는 노파는 온실 속 나무와 꽃들이 인간의 심장을 품고 있다는 사실을 알려줍니다. 그리곤 아이를 구하는 방법을 알려주는 대신 자신의 백발과 어머니의 검은 머리칼을 바꾸자고 요구합니다.

백발의 어머니는 앞을 볼 수 없는 채로 꽃과 나무를 헤집으며 그 안에서 뛰는 심장 소리를 듣습니다. 수많은 꽃과 풀 중에서도 시들어가는 작고 파란 붓꽃에서 아이의 심장 소리가 들립니다. 그때 죽음이 온실로 돌아옵니다. 죽음은 어머니를 보고 놀라 어떻게 자기보다 먼저 이곳에 도착했는지 묻습니다. 어머니는 엄마이기에 가능하다고 대답합니다.

죽음이 아이를 돌려주지 않자 어머니는 가까이에 있는 꽃 두 송이를 움켜쥡니다. 그리곤 다른 꽃들도 모두 뽑아버리겠다고 죽음을 협박합니다. 죽음은 다른 어머니를 비참하게 만들지 말라며 어머니에게 두 눈을 돌려주곤 옆에 있는 우물을 보라고 합니다.

우물 속에는 뽑아 버리려고 손에 쥐고 있던 꽃들의 미래가 보입니다. 하나는 기쁨 속에서 행복을 퍼뜨리며 살아가고 다른 하나는 슬픔과 고통뿐인 삶을 살아갑니다. 죽음은 두 개의 삶 중 하나가 아이의 미래라고 말합니다. 겁에 질린 어머니는 비명을 지르며 아이를 모든 불행에서 구해 달라고 합니다. 아이를 불행에서 구해 줄 수 없다면 차라리 신의 나라로 데려가 달라고 기도합니다. 무엇보다 소중해 온몸을 던져 구하려고 한 아이를 어머니는 그렇게 놓아줍니다.

sentence 130

You know already that every human being has a life-tree or a life-flower, just as may be ordained for him. They look like other plants; but they have hearts that beat.

당신도 이미 사람이 각자 생명의 나무나 꽃이 있다는 사실을 알고 있겠죠. 그들은 각자 다른 식물들처럼 생겼지만, 사실 고유한 심장 박동을 가지고 있답니다.

sentence 131

"I can give you nothing to do for me there." said the old woman; "but you can give me your long black hair. You know yourself that it is beautiful, and it pleases me. You can take my white hair in exchange, which will be something in return."

"거기서 저에게 해 줄 것은 아무것도 없어요."라고 노파가 말했습니다. "하지만 가능하다면 당신의 검고 긴 머리카락을 갖고 싶네요. 당신도 스스로 그것이 아름답다는 걸 알고 있겠죠. 저를 기쁘게 해 줄 거예요. 당신은 그 대가로 내 백발을 가져가면 됩니다."

sentence 132

The sorrowing mother bent over the little plants, and heard the human heart beating in each, and recognized the beatings of her child's heart among millions of others.

슬픔에 빠진 어머니는 식물들을 굽어보며, 꽃에서 들리는 사람의 심장 박동 소리를 들으며 돌아다녔습니다. 그리고 그녀의 아이의 심장 박동 소리를 수백만 개의 꽃 사이에서 찾아냈습니다.

sentence 133

This will make him afraid; for he must account to God for each of them. None can be uprooted, unless he receives permission to do so.

이 방식은 그를 겁먹게 할 거예요. 그는 신을 위해서 그것들을 관리하니까요. 신이 허락하기 전까지 그는 어떤 꽃도 꺾을 수 없습니다.

"You cannot prevail against me." said Death. "But a God of mercy can." said she.

"당신은 나한테 저항할 수 없어요."라고 죽음이 말했습니다. "하지만 신의 자비가 있다면 가능하겠지." 그녀도 말했습니다.

"How did you find your way hither?" asked he; "how could you come here faster than I have?" "I am a mother." she answered.

"지름길을 어떻게 찾은 거지?" 그가 물었습니다. "어떻게 당신이 나보다 빨리 도착할 수 있는 거죠?" "나는 어머니이니까요." 그녀가 대답했습니다.

Then she looked into the well; and it was a glorious sight to behold how one of them became a blessing to the world, and how much happiness and joy it spread around.

그리고 그녀는 우물 속을 바라봤습니다. 한 아이는 세상의 축복이 되어서 행복하게 살았고, 그 아이는 행복과 기쁨을 주변에 퍼뜨리면서 살아갔습니다.

sentence 137

"Another mother!" cried the poor woman, setting the flowers free from her hands.

"다른 어머니!" 불쌍한 그 여인은 재빨리 손에서 꽃들을 놓아주면서 울부짖었습니다.

sentence 138

"That I may not tell you." said Death; "but thus far you may learn, that one of the two flowers represents your own child. It was the fate of your child that you saw,—the future of your own child."

"그건 내가 말해 줄 수 없어요."라고 죽음이 말문을 열었습니다. "하지만 당신도 알겠지만, 두 꽃 중 하나는 당신 아이의 미래입니다. 당신이 본 것은 당신의 아이의 미래일 수도 있는 것이지요."

Then Death carried away her child to the unknown land.

죽음은 결국 그녀의 아이를 신의 나라로 데려갔습니다.

이 작품은 사랑과 희생, 희망과 절망같이 마음을 움직이는 주제를 그리고 있습니다. 어머니가 아이를 되찾기 위해 고통스러운 여정을 겪었으나 아이를 되찾고 싶은 자신의 마음을 포기하고, 아이를 위해 고통스러운 삶을 살지 않도록 아이를 보내주는 결말은 어머니의 사랑과 희생에 벅찬 감동과 함께 안타까움을 느끼게 합니다. 끝내 아이를 구해 행복하게 살아간다는 결말보다도 마음에 깊은 여운을 준다는 평을 받고 있기도 합니다.

그래서인지 〈어머니 이야기〉는 안데르센의 작품 중에서도 매우 감동적인 작품으로 꼽히며, 모성의 위대함과 사랑의 숭고함이 깊은 울림을 줍니다. 또한 동화는 죽음에 대해서 높은 수준의 성찰을 제공합니다. 아이를 찾아 기꺼이 죽음의 경계를 넘어가는 어머니의 모습에서, 동화는 사랑과 희생이 죽음을 초월할 수 있다는 이야기를 전하고 있습니다.

그러나 작품에서 묘사되고 있는 숭고한 어머니의 모습과는 다르게, 안데르센은 생전 어머니와의 관계가 좋은 편은 아니었습니다. 안데르센은 어린 시절 가난하게 살면서도 문학에 뛰어난 재능을 보였습니다.

그러나 그는 가난했고 그의 인생에는 고난과 불행이 가득했습니다. 열정적으로 짝사랑했던 남자에게 실연당하고, 직업적으로 성공하지도 못했기 때문입니다. 심지어 친구들과의 관계도 좋지 않았는데, 그 와중에 가장 가까운 존재인 어머니와의 관계조차 온전하지 않았습니다.

훗날, 안데르센이 언급한 어머니와의 관계는 복잡하고 모순적입니다. 어머니를 존경하면서도 존경하지 않았고, 사랑하면서도 사랑하지 않은 것처럼 보입니다. 그의 어머니가 작품의 모티브가 된 것인지 확실하지 않으나, 안데르센의 작품에는 자신의 모습이 조금씩 녹아 있는 만큼 〈어머니 이야기〉 역시 어머니에게서 어느 정도 영감을 받았을 가능성이 있습니다. 부모님, 특히 어머니에게 사랑받지 못한 경험은 아이의 가슴에 오래도록 남습니다. 그런 상처받은 마음을, 어린 아이였던 이들과 부모가 될 이들을 위해 안데르센이 대변해 주고 있는 것은 아닐까요?

해당 문장은 이 작품의 주제입니다. 영어나 한국어 표현을 보고 자기만의 방식
으로 의역하거나 그대로 필사해 보면서 안데르센의 문장을 사유해 보세요.

sentence 140

Then the mother screamed aloud with terror, "Which of them belongs to my child? Tell me that. Deliver the unhappy child. Release it from so much misery. Rather take it away. Take it to the kingdom of God. Forget my tears and my entreaties; forget all that I have said or done."

그러자 어머니가 비명을 질렀습니다. "둘 중 무엇이 내 아이의 미래인가요? 말해 주세요. 불행이 내 아이의 미래라면 데려가 세요. 그 아이를 고통에서 벗어나게 해 주세요. 차라리 신에게 데려가세요. 나의 눈물과 애원을 다 잊고 그 아이를 데려가 주 세요."

....

....

....

....

....

....

불타버린
콤플렉스 덩어리

The Steadfast Tin Soldier_외다리 병정

어느 마을에 생일을 맞은 한 소년이 살고 있었습니다. 소년이 아빠에게 받은 생일선물은 25개나 되는 장난감 병정 세트였습니다. 낡은 주석 숟가락을 녹여 만든 장난감 병정은 모두 똑같은 모습이었습니다. 그러나 그중 딱 하나 다리 한쪽이 없는 병정 인형이 있었습니다. 인형을 만들다가 주석이 떨어지는 바람에 미처 만들지 못했던 것입니다. 소년은 그 병정을 외다리 병정이라고 불렀습니다. 외다리 병정은 다른 병정들과 다른 자신의 모습에 소외감을 느꼈고 자신은 영영 외톨이 장난감으로 남을 것이라고 생각했습니다. 하지만 소년의 집에 오게 되면서 마음이 바뀌었습니다.

그가 마음을 바꾸게 된 것은 소년의 집에 있던 종이 발레리나 때문이었습니다. 외다리 병정은 자신과 같이 한쪽 다리로

서 있는 종이 발레리나에게 동질감을 느꼈습니다. 동질감이 사랑으로 변하는 데는 오랜 시간이 걸리지 않았습니다. 외다리 병정은 더 이상 자신을 외톨이로 여기지 않았습니다.

그런데 갑자기 마술 상자 속에서 악마가 튀어나와 발레리나에게 관심을 갖지 말라고 경고했습니다. 그러나 외다리 병정은 악마의 말을 듣지 않고 계속 발레리나를 바라봤습니다. 경고를 무시한 외다리 병정은 창틀에 놓여 있다가 악마의 수작으로 바람에 날려 창밖으로 떨어지고 말았습니다.

sentence 141

One of the tin soldiers was a little different from the rest; he had only one leg, because he had been cast last of all, and there wasn't enough tin to finish him.

병정 중 하나는 다른 병정들과 조금 다른 점이 있었어요. 그는 제일 마지막에 만들어졌는데, 남아 있는 주석이 부족해서 다리가 하나 빠져 있었죠.

sentence 142

The table on which the tin soldiers stood was covered with other playthings, but the toy that attracted the most attention was a neat castle of cardboard.

외다리 병정이 서 있는 탁자 위에는 다른 장난감들이 가득했지만, 가장 시선을 끄는 장난감은 골판지로 만든 성이었어요.

sentence 143

He placed the tin soldier on the window ledge and—lo and behold!—the soldier found himself standing just beside the cardboard castle that he had seen the day before.

그는 외다리 병정을 창문 틈에 놓았습니다. 외다리 병정은 자신이 어제 보았던 골판지 성 바로 옆에 서 있다는 사실을 알아차렸죠.

sentence 144

The goblin was very ugly, with a head that was half shaven and a long, red tongue that hung down over his chin.

악마는 매우 추하고, 머리카락이 반쯤 깎여 있었으며 긴 빨간 혀가 턱 아래로 내려와 있었어요.

sentence 145

Suddenly there was a strong gust of wind, and the tin soldier was lifted into the air, tossed about and turned over and over, higher and higher.

갑자기 세찬 바람이 불어와서 외다리 병정은 공중으로 떠올랐고, 계속해서 바람에 의해 점점 더 높게 튕겨져 나갔어요.

그렇게 발레리나와 이별하게 된 외다리 병정은 다시 외톨이가 되었습니다. 다음 날, 길거리의 돌 사이에 박혀 있던 외다리 병정을 개구쟁이 소년들이 발견했습니다. 그들은 소년이 신문지로 접어 외다리 병정에게 씌워 주었던 모자를 멋대로 벗겨 종이배를 만들었습니다. 그리곤 그 종이배에 외다리 병정을 태워 도랑에 띄웠습니다. 병정이 탄 종이배는 더러운 물이 흐르는 시궁창으로 빠르게 떠내려갔습니다. 외다리 병정은 무서웠고 다시는 집으로 돌아갈 수 없을 것만 같았습니다. 시궁창 안은 컴컴하고 아무도 없는 것같아 외롭기도 했습니다.

하지만 곧 시궁쥐가 나타나 외다리 병정의 앞을 막았습니다. 시궁창에 살던 시궁쥐는 외다리 병정에게 이 앞을 지나가려면 통행허가증을 제시하거나 돈을 내야 한다고 윽박질렀습니다. 하지만 곧 거센 물살에 종이배가 떠내려가 시궁쥐는 외다리 병정을 놓쳐 버렸습니다.

흐르고 흐르다 개천으로 떨어진 종이배는 결국 찢어졌습니다. 물 밑으로 가라앉은 외다리 병정을 커다란 물고기가 집어 삼켰습니다. 그 물고기는 어부에게 잡혀 어느 집으로 팔려갔는데, 물고기를 사 온 집은 바로 외다리 병정의 원래 주인인 소년이 살고 있던 집이었습니다.

sentence 146

The tin soldier felt himself being pushed along, but whether it was by the wind or the water he couldn't tell. The tin soldier shuddered with fear, for he saw what looked like a great black bird flying over his head.

외다리 병정은 머리 위로 날아가는 거대한 검은 새 모양을 보고 겁에 질렸어요. 무언가에 밀리는 느낌이 들었지만, 그것이 바람인지 물인지 몰랐지요.

sentence 147

At last the tin soldier came to himself. "Well." he thought, "here I am still, standing on the edge of the table. It must have been that dreadful goblin who frightened me so."

마침내 외다리 병정은 깨어났어요. 그리곤 생각했죠. "어쩌면, 아직도 탁자 가장자리에 서 있는 것 같아. 분명히 그 무서운 악마 때문에 겁을 먹은 것이겠지."

"This is the black goblin's fault, I am sure. Ah, well, if the little lady were only here with me in the boat, I should not care for any darkness."

"그건 아마 그 사악한 검은 악마의 잘못이겠지. 난 확신해. 음, 그 아가씨가 나와 함께 이 배에 타고 있다면, 난 어떤 어둠도 신경 쓰지 않을 텐데."

The tin soldier trembled with fear, for he saw that he was very close to the creature's monstrous jaws. Just then a big fish swam past the tin soldier, and swallowed him whole.

외다리 병정은 두려움에 떨면서, 그가 괴물의 거대한 주둥이 가까이에 있다는 것을 알아챘어요. 그때 큰 물고기가 외다리 병정을 삼키고 말았어요.

The poor little tin soldier was so sad, for he thought of the pretty paper dancer whom he would never see again.

불쌍한 외다리 병정은 아름다운 종이 발레리나를 다시는 볼 수 없을 것이라는 생각에 매우 슬퍼했답니다.

    고생 끝에 다시 집으로 돌아오게 된 외다리 병정은 매우 기뻤습니다. 더 이상 개구쟁이 소년들에게 괴롭힘당할 일도, 시궁쥐에게 협박받을 일도 없으니까요. 게다가 원래 놓여 있던 탁자에서 종이 발레리나를 다시 만날 수 있었답니다. 외다리 병정은 악마의 경고는 모두 잊고 다시 발레리나를 사랑했습니다. 그러자 발레리나도 눈을 들어 외다리 병정을 가만히 바라보았습니다. 외다리 병정은 발레리나도 자신을 사랑할지도 모른다는 희망을 느꼈습니다. 하지만 종이로 만들어져 말도, 행동도 할 수 없던 발레리나는 가만히 서 있기만 했습니다.

    발레리나의 마음을 확인하지 못해 애를 끓이던 그때, 소년의 친구들 중 한 명이 난데없이 외다리 병정을 활활 타오르는 난로에 던져 버렸습니다. 뜨거운 불길 때문에 외다리 병정은 여기저기 칠이 벗겨지고 몸이 용암처럼 뜨겁게 달아올랐습니다. 그런데 그 순간 문이 열리면서 거센 바람이 불어왔습니다. 그러자 탁자에 놓여 있던 발레리나도 난로를 향해 날아와 병정과 함께 불타 버렸습니다. 다음 날, 난로를 청소하던 하녀는 발레리나의 장식품이 붙어 있는 작은 하트 모양 주석을 발견했습니다.

sentence 151

It touched the tin soldier so much to see her that he almost wept tin tears, but he kept them back.

그녀를 보는 것이 너무 감동적이어서 그는 거의 눈물을 흘릴 뻔했지만, 그는 그 눈물을 삼켜냈습니다.

sentence 152

The tin soldier was so touched by the sight that he felt himself melting away with joy.

외다리 병정은 그 광경에 너무 감동하여 기쁨 속에서 녹아내리는 것 같은 느낌을 받았어요.

sentence 153

Just then, the little boy's mother came into the room and saw the tin soldier. 'Why, how did this little fellow get here?' she exclaimed.

이때 어린 소년의 어머니가 방으로 들어와 외다리 병정을 보았죠. "어떻게 이 작은 녀석이 여기에 돌아왔지?" 그녀가 외쳤어요.

But the tin soldier did not feel afraid, for he knew that he had done his duty and that he was loved by the little boy and his family.

그러나 외다리 병정은 두렵지 않았어요. 그는 자기 의무를 다 하고 어린 소년과 그의 가족에게 사랑받고 있다는 것을 알고 있었죠.

The tin soldier gazed at her, but she said nothing, for she was a paper ballerina and could not speak.

외다리 병정은 그녀를 바라보았지만, 그녀는 말을 할 수 없는 종이 발레리나였어요.

And so the tin soldier stood there, as steadfast and brave as ever, gazing up at the lovely ballerina and dreaming of the wonderful things that might lie ahead.

그리하여 외다리 병정은 여전히 불굴의 용기로 아름다운 발레 리나를 바라보며, 앞으로 다가올 경이로운 일들을 꿈꾸며 서 있었어요.

He was so steadfast, looking straight ahead, that it seemed to him that the painted eyes of the little dancer were following him.

그는 눈을 고정하고 똑바로 앞만 바라보았고, 작은 발레리나에 그려진 눈이 자신을 따라오는 것 같다고 느꼈어요.

But just as he reached the grate, a sudden gust of wind blew the little dancer right into the stove. And so, the two little figures were consumed by the flames, and all that remained were their melted hearts.

그러나 그가 화로에 던져지는 순간, 갑자기 바람이 불더니 종이 발레리나를 난로 안으로 날려 버렸어요. 그리하여 두 작은 인형은 불길에 탔고, 남은 것은 녹아내린 심장뿐이었어요.

And so, the tin soldier and the little dancer lived on, in the memory of the little boy and his family, as a symbol of courage and devotion.

그렇게 외다리 병정과 발레리나는 어린 소년과 그의 가족의
기억 속에서 용기와 헌신의 상징으로 남았답니다.

이 동화는 복잡한 인간관계와 사랑, 손상된 자아, 형제애와
믿음, 최종적으로는 죽음을 주제로 다루고 있습니다. 또한 다
른 작품들처럼 안데르센 자신의 삶을 투영하여 그의 존재론적
고통과 사랑에 대한 열망을 반영하고 있습니다. 안데르센은 어
려운 가정환경에서 자랐으며 사회적 격차, 인종차별 등으로 힘
든 시기를 보내야 했습니다. 게다가 동성애를 죄악시하던 기독
교 교리 아래에서 내면적 갈등과 불안을 경험하기도 했습니다.
이러한 안데르센의 삶의 특이성이 이 작품에 모두 반영되어 있
다고 해도 과언이 아닙니다.

동화 속 외다리 병정은 남들과 달라 외로웠으며, 온갖 역경
을 극복했음에도 죽음 앞에 다다라서야 사랑하는 발레리나와
함께하게 되는 결말을 맞이합니다. 안데르센 본인의 이루어질
수 없던 사랑에 대한 고통이 작품 속 주인공에게 투영되어 있
습니다.

또한 작지만 끈기 있고 조금 다르지만 용기를 잃지 않는 외
다리 병정의 성정이 안데르센이 스스로의 자아에 부여한 미덕

을 나타낸다고 보이기도 합니다. 완성되지 못한 모습으로 자아의 불완전함과 상실감에 빠져 있던 외다리 병정의 죽음을, 안데르센이 고통의 극복으로 바라보았다는 해석도 있습니다.

더 넓게 생각했을 때는, 사회적 규범과 소외, 차별이 만연한 인간관계에 대한 비판이라는 해석도 가능합니다. '외다리 병정'은 단순히 외모 때문이 아닌 여러 이유로 사회적으로 인정받지 못해 외면, 차별을 받는 존재로 보입니다. 하지만 그는 결국 녹아 사라지는 과정에서 그가 사랑했던 종이 발레리나와 함께 하트 모양 주석을 남기면서 사랑의 아름다움과 그의 강인한 의지를 보여 주었습니다.

사회적인 규범으로 개인이 자신을 온전히 세상에 보여주지 못하고 인간관계에 좌절을 겪는 한계를 비판하면서 내면의 아름다움을 강조하고 있는 것입니다. '외다리 병정'은 누구나 될 수 있고, 이미 내 주변에 있는 누군가일 수도 있습니다. 외다리 병정을 통해, 우리가 사람의 내면에서 진정으로 보아야 할 것이 무엇인지를 생각해 볼 수 있습니다.

해당 문장은 이 작품의 주제입니다. 영어나 한국어 표현을 보고 자기만의 방식으로 의역하거나 그대로 필사해 보면서 안데르센의 문장을 사유해 보세요.

sentence 160

The tin soldier smiled bravely and did not say a word, for he was determined to be brave and endure whatever fate had in store for him.

외다리 병정은 용감하게 미소를 지으며 아무 말도 하지 않았어요. 운명이 그에게 무엇을 가져다준다고 해도 용기 있게 견뎌내기로 결심했기 때문이었죠.

Part. 3

환상 속으로 빠져드는
마법 잔혹동화

}

　3장의 네 작품에서는 환상적인 마법과 마녀가 등장하는 모험 속에서 인간의 내면을 탐구하는 인물들을 마주할 수 있습니다. 인물들의 여정을 통해 우리는 지루한 현실에서 벗어나 상상력을 자극해 새로운 세상을 개척해 나갈 수 있습니다. 인간의 힘으로 마법과 시련을 이겨내는 과정을 보며 안데르센은 운명을 개척할 주인공은 본인 자신이라는 사실을 상기시키고 있습니다.

심장은 얼음조각처럼
차갑게 변하고

The Snow Queen_눈의 여왕

사나운 도깨비 요정 호브 고블린은 어느 날 마법의 거울을 만드는데, 이 거울은 무엇이든 왜곡시켜서 사물의 나쁜 면만 보게 하는 기능이 있었습니다. 거울로 인해 세상 모든 것들이 왜곡되자 호브 고블린 학교의 악마들은 매우 기뻐했습니다. 악마들은 천사와 신들을 속이기 위해서 거울을 하늘로 들고 올라가려고 했으나, 그만 떨어뜨리고 말았습니다. 부서진 거울 파편들은 사람들의 눈과 심장으로 파고들었습니다. 그렇게 사람들의 심장은 차갑고 잔인하게 변해 버렸습니다. 단 한 사람, 게르다만 빼고요.

카이와 게르다는 큰 도시에 살고 있었습니다. 둘은 지붕이 마주 보는 다락방에 살았고, 아이들의 부모님은 상자에 채소와 장미를 키워 정원을 만들었습니다. 그 정원에서 아이들은 즐겁

게 놀았습니다. 할머니는 아이들에게 눈의 여왕 이야기를 들려
주었습니다. 꿀벌처럼 보이는 눈의 여왕은 하얀 여왕벌이며 하
얀 벌 떼들은 함박눈이 쏟아질 때만 볼 수 있다고요.

어느 추운 날, 카이는 얼어붙은 유리창을 바라보다 손짓하는
눈의 여왕을 보았습니다. 그로부터 얼마 지나지 않아 그림책을
보던 카이의 눈과 심장에 고블린의 거울 조각이 박히고 말았습
니다. 심술궂고 잔인하게 변해 버린 카이는 정원을 부숴버리고
할머니를 골려 주었으며 더 이상 게르다와 놀지 않았습니다.
그렇게 다시 겨울이 찾아왔습니다. 광장에서 썰매를 타던 카이
의 앞에 하얀 썰매가 나타났습니다. 카이는 자신이 타고 있던
썰매를 하얀 썰매 뒤에 묶고 빠르게 거리를 달렸습니다. 그 썰
매를 이끄는 사람은 눈의 여왕이었습니다.

sentence 161

He had pieces of glass in his heart and in his eyes. The Snow
Queen kisses Kay once more, and he becomes like a block of
ice.

그의 마음과 눈에는 유리조각이 박혀 있었어요. 눈의 여왕이
카이에게 한 번 더 입을 맞추자, 그는 한 덩어리의 얼음처럼 되
었어요.

At last she found Kay's tiny heart; but it was a lump of ice. Kay sat still and stiff; his heart was so choked with snowflakes that he could not speak.

마침내 그녀는 카이의 작은 심장을 찾았지만, 그것은 얼음덩어리였죠. 카이는 고요히 앉아 있었고, 그의 마음은 눈송이로 막혀 말할 수 없었어요.

The Snow Queen sat down beside Kay, took him on her lap, and whispered, "Now you must have no more kisses, or else I will kill you."

눈의 여왕은 카이 옆에 앉아 그를 무릎 위에 앉혀 놓고, 속삭였습니다. "이제부터 너는 더 이상 입맞춤을 하면 안 돼. 그렇지 않으면 내가 너를 죽일 거야."

"Listen! The snowflakes are falling." said the Snow Queen, "and soon I will have made myself a mirror out of their clever little ice crystals. It is the most magical mirror in the world, for it shows not only my reflection, but also everything that is reflected in people's hearts."

"Now, let us see if you are truly worthy to be my servant and earn the right to look upon this magnificent creation."

"들어봐. 눈이 내리고 있어." 눈의 여왕이 말했습니다. "얼마 지나지 않아 이 똑똑하고 작은 얼음조각으로 나 자신을 비추는 거울을 만들 거야. 이 세상에서 가장 마법 같은 거울을 말이지. 나의 모습만이 아니라 사람들의 마음에 비치는 모든 것을 보여 줄 거야."

"이제, 네가 내 신하가 될 만큼 진심인지, 그리고 이 걸작을 바라볼 자격이 있는지 확인해 볼까?"

sentence 165

Then the Snow Queen whispered a spell into his ear, and he suddenly forgot about Gerda and everything else from his past life.

눈의 여왕이 귓가에 주문을 속삭이자 카이는 갑자기 게르다와 과거의 모든 기억을 잊어버리고 말았어요.

눈의 여왕이 두 번 입을 맞추자, 카이는 얼음처럼 차가워지며 게르다를 잊어버렸습니다. 그러고는 눈의 여왕을 따라가 그녀의 발치에서 겨우내 잠을 잤습니다. 한편, 카이가 보이지 않자 우울해진 게르다는 카이를 찾으러 떠났습니다. 카이가 강에 빠져 죽었을 거라는 소문을 들은 게르다는 새로 산 빨간 구두를 강에 던지며 그의 행방을 물었습니다. 강은 카이가 물에 빠져 죽지는 않았다고 말했습니다.

게르다는 배를 타고 가다가 빠른 물살에 휩쓸렸습니다. 정신을 차리자 게르다는 벚꽃 동산에 도착해 있었습니다. 지나가던 노인의 도움으로 게르다는 육지로 올라왔습니다. 그 노인은 마법사였는데, 게르다를 데리고 살고 싶은 나머지 그녀의 머리를 빗겨 주며 카이를 잊어버리도록 주문을 걸었습니다. 그러고는 장미를 보면 카이를 떠올릴지도 모른다는 생각에, 장미 덤불을 모조리 땅속으로 사라지게 했습니다.

그러나 게르다는 우연히 노인이 쓴 모자에 그려진 장미를 보게 되었습니다. 카이를 떠올리며 그녀가 뜨거운 눈물을 흘리자 장미가 피어났습니다. 장미는 땅속에서도 카이의 시신을 보지 못했다고 알려 주었습니다. 게르다는 장미의 이야기를 듣고 정신을 차려 노인의 집에서 벗어납니다.

어느덧 게르다는 공주가 사는 궁전에 도착해 까마귀를 만났습니다. 까마귀는 카이가 공주님의 남편이라고 말했습니다. 까마귀의 도움을 받아 궁전에서 공주의 남편을 만났으나 그는 카이를 닮은 다른 사람이었습니다. 게르다의 이야기를 들은 공주는 기꺼이 옷과 마차를 마련해 주었고 그녀는 마차를 타고 다시 카이를 찾으러 여정을 떠납니다. 그러던 중, 게르다는 산적을 만나 납치당하고 말았습니다.

sentence 166

Her figure could be seen, tall and glittering, through the windowpanes. But the Snow Queen always looked cold and imposing.

그녀의 모습은 창문을 통해 볼 수 있었죠. 키가 크고 빛나는 모습이었어요. 하지만 눈의 여왕은 언제나 차가운, 위엄 있는 모습이었답니다.

sentence 167

The Snow Queen sat upon a throne made of ice, with a robe of white flakes and a crown of icicles.

눈의 여왕은 얼음으로 만든 왕좌에 앉아 있었으며, 흰 눈송이로 만든 옷과 고드름으로 된 왕관을 쓰고 있었어요.

sentence 168

Everything around her looked like the inside of a glass globe, glittering and sparkling in the light. The Snow Queen's breath was like a blast of ice wind.

그녀 주위의 모든 것은 유리구슬 안에 있는 것처럼 보이고, 빛에 반짝이며 빛나죠. 눈의 여왕의 숨결은 얼음 바람과 같고요.

sentence 169

She laughed so hard that the glass splinters rattled around the room, but the shards never penetrated her heart, for she had none.

그녀가 너무 웃어서 유리조각들이 방 안에 떨어지기 시작했지만, 파편들은 그녀의 심장을 관통하지 못했어요. 그녀는 심장이 없었기 때문이죠.

sentence 170

The robber girl then took Gerda's head between her hands and said, "I won't kill you, even if you annoy me again. You're too funny. Now, give me your red shoes."

그러자 산적의 딸은 게르다의 머리를 손으로 잡아당기며 말했습니다. "네가 다시 화나게 하더라도 나는 너를 죽이지 않을 거야. 너무 재미있으니까. 이제 네 빨간 신발을 내게 줘."

산적의 딸은 산적 소굴로 끌려온 게르다를 마음에 들어 했습니다. 그녀는 기꺼이 게르다가 카이를 찾는 것을 도와줍니다. 카이가 눈의 여왕과 라플란드로 가는 것을 보았다는 숲 비둘기의 증언을 듣자 산적의 딸은 순록에 게르다를 태워 그곳으로 보내줍니다. 그곳이 고향이었던 순록은 라플란드 여인의 집을 찾아가 도움을 요청했습니다. 여인은 차가운 게르다의 몸을 녹여 주고 핀란드 여인에게 편지를 써 주었습니다. 편지를 받은 핀란드 여인은 카이를 구할 수 있는 힘은 따뜻하고 순결한 어린이의 마음이라고 알려 주었습니다.

자신감을 얻은 게르다는 맨발로 눈의 여왕의 궁전에 들어갔습니다. 거대하고 추운 궁전 안에서, 카이는 얼음조각으로 퍼즐을 맞추고 있었습니다. '영원'이라는 단어를 완성해야 비로소 스스로의 주인이 될 수 있기 때문입니다. 하지만 카이는 퍼즐을 맞출 수 없었습니다.

그 모습을 본 게르다는 뜨거운 눈물을 흘렸습니다. 그러자 게르다의 눈물이 카이의 심장에 박힌 거울조각을 녹여 버렸습니다. 카이는 눈물을 흘렸고 눈에 들어갔던 유리조각까지 빠져나왔습니다. 게르다와 카이는 서로를 끌어안고 영원이라는 단어를 맞추었습니다. 눈의 여왕의 궁전에서 빠져나온 그들은 자신들을 도와준 순록과 핀란드 여인, 라플란드 여인, 산적의 딸에게 작별 인사를 건넸습니다.

지붕 위에 장미가 만발한 그리운 집으로 돌아온 게르다와 카이는 어른이 되었습니다. 할머니는 그들에게 어린아이 같은 마음이 없다면 천국에 갈 수 없다는 성서를 읽어 주었습니다. 어른이 된 게르다와 카이는 여전히 맑고 순수한 어린아이 같은 마음을 갖고 있었습니다.

sentence 171

The Raven was hopping around her, looking at her with his head on one side. The Raven was perched on a bough, and he nodded his head, as if he knew all about it.

까마귀는 게르다 주변을 날아다니며, 한쪽으로 머리를 기울여 그녀를 바라보고 있었어요. 까마귀는 나뭇가지 위에 앉아 마치 모든 것을 알고 있는 것처럼 머리를 끄덕였어요.

sentence 172

The Raven then began to tell her how sorry he was that she was going away alone into the wide world.

그리고 까마귀는 게르다가 홀로 넓은 세상으로 떠나는 것이 얼마나 안타까운 일인지 이야기하기 시작했어요.

sentence 173

The Raven flapped his wings and cawed loudly, as if to cheer her up.

까마귀는 날개를 퍼덕이며 크게 울음소리를 내었는데 그 모습이 꼭 게르다를 격려하려는 것처럼 보였어요.

sentence 174

The river was so broad and the current so strong that it was hard to swim against it. But she managed to do so, and then she ran through the fields and meadows as fast as she could go until she was finally too tired to go on.

강은 매우 넓었고, 물살이 세서 역류에 맞서 수영하기가 쉽지 않았어요. 그러나 그녀는 그것을 해냈고, 그 후에는 초원과 목초지를 최대한 빠르게 달려가다 마침내 너무 지쳐 더 이상 가지 못하게 되었어요.

sentence 175

She waved her hand over the bird, and it disappeared in a burst of flame, leaving behind a small, red-hot heart.

그녀는 새 위에서 손을 저었고, 새는 불길에 감싸이며 사라졌어요. 그리고 작고 빨간 뜨거운 심장 하나만이 남았답니다.

sentence 176

Then Gerda wept hot tears, which fell on his breast, and penetrated into his heart, and thawed the ice, and melted the lumps of snow.

게르다의 뜨거운 눈물이 그의 가슴에 떨어졌고, 그것은 얼음을 녹이는 동시에 눈덩어리 같은 그의 마음을 녹였어요.

sentence 177

Kay looked at her, and she sang a song that he remembered from his childhood. Gerda rushed to him, and Kay burst into tears, which washed away the last pieces of ice from his heart.

카이는 게르다를 바라보았고, 게르다는 그가 어릴 적에 기억하는 노래를 부르기 시작했어요. 게르다는 카이에게 달려갔고 눈물을 흘리며 마지막 얼음조각이 그의 마음에서 사라지게 했죠.

sentence 178

All around them, flowers were blooming, and the sun was shining brightly. The Snow Queen's kisses had melted away into the air, and the Queen herself was gone forever.

그들 주위에는 꽃들이 만발하고, 태양이 밝게 비추고 있었답니다. 눈의 여왕의 키스는 공기 속으로 사라졌고, 여왕 자신도 영원히 사라졌어요.

sentence 179

The wind blew away the fragments of the shattered mirror, and they were never seen again. And when Gerda looked into Kay's eyes, she could see that they were as clear and bright as the summer sky.

바람이 깨어진 거울조각들을 날려 버리고, 그것들을 다시는 볼 수 없었어요. 게르다가 카이의 눈을 바라보자, 그녀는 카이의 두 눈이 여름 하늘처럼 맑고 밝다는 것을 알 수 있었죠.

〈눈의 여왕〉은 주인공들의 성장과 성숙의 과정을 담고 있는 작품으로 안데르센의 작품 중에서는 분량이 긴 편에 속합니다. 얼음과 눈은 이 작품에서 중요한 상징으로 사용됩니다. 얼음은 감정의 억눌림과 분리를 나타내며, 눈은 깨달음과 순수함을 상징합니다.

작품의 탄생 비화에 대해서는 다양한 논의가 존재하는데, 어릴 적 안데르센이 얼음 위에서 미끄러져 생긴 상처에서 비롯된 동화라는 이야기가 가장 유명합니다. 안데르센의 삶 속에서 흔적을 남긴 얼음 상처는 동화 속 주인공인 카이의 심장에 얼음 조각이 박히는 것을 연상하게 합니다.

〈눈의 여왕〉이라는 작품 제목처럼 여왕은 눈과 얼음을 다스립니다. 카이의 심장을 얼어붙게 만들고, 거대한 얼음 궁전에서 살며 어린아이를 발치에서 자게 할 정도로 냉혹한 마음을 가졌습니다. 이는 안데르센이 유년 시절에 마주했던 아픔과 닮아 있습니다. 그러나 모든 것이 녹아내리는 봄이 되자 눈의 여왕도 결국 소멸하고 맙니다. 어른이 되어 동화를 쓰며 유년 시절을 위로하고 희망을 되새기고 싶었던 것 같습니다. 또한 눈의 여왕은 현실적인 가치와 정서의 가치가 조화를 이룰 때 인간이 진정한 행복을 찾을 수 있다는 메시지를 전달합니다.

이처럼 〈눈의 여왕〉은 안데르센의 자전적인 요소를 포함하는 것과 동시에 인간의 성장을 이야기합니다. 주인공인 게르다와 카이는 각자의 여정을 통해 성장해 나가는 모습을 보입니다. 카이가 그의 마음을 얼어붙게 만든 눈의 여왕에게서 벗어나고, 게르다가 모험을 하며 자신의 용기와 마음이 가진 힘을 발견하는 내용은 우리 모두에게 깊은 깨달음을 안겨 줍니다. 아이들이 어른이 되어도 어린 시절의 순수하고 강인한 마음을 간직한 것처럼 우리도 그때의 마음을 잃지 않고 희망과 용기를 갖고 살아가야 한다는 깨달음을요.

🖋 내 문장 속 안데르센

해당 문장은 이 작품의 주제입니다. 영어나 한국어 표현을 보고 자기만의 방식
으로 의역하거나 그대로 필사해 보면서 안데르센의 문장을 사유해 보세요.

sentence 180

They walked hand in hand out of the palace, where summer
had arrived at last.

게르다와 카이가 손을 잡고 궁전을 나오자 마침내 여름이 도
착한 것을 볼 수 있었습니다.

....

....

....

....

....

....

성냥갑에서 시작된 잔인한 쿠데타

The Tinder Box_부시통

어느 날, 도시를 따라 군인들이 행군하고 있었습니다. "왼발 오른발 왼발 오른발" 그들은 배낭을 메고, 옆구리에 칼을 차고, 전쟁에서 승리한 후 집으로 돌아가는 길이었습니다. 그중 병사 하나가 집에 돌아가던 중 늙은 마녀를 만났습니다. 마녀는 멈춰 서서 그에게 말했습니다. "당신은 군인이군요. 아주 좋은 검과 큰 배낭을 가졌네요. 원하는 만큼 돈을 가질 자격이 충분해." 라고 말하자 군인은 웃으며 "감사합니다."라고 대답했습니다. 마녀는 그가 부를 쌓을 방법을 제안했습니다.

"저 큰 나무가 보이죠?" 마녀가 그들 옆의 나무를 가리키며 말했습니다. "그 안은 텅 비어 있는데, 당신은 구멍을 통해서 나무 안으로 들어갈 수 있을 거예요. 나올 땐 내가 당신을 끌어 올려 줄 테니 걱정하지 말아요." 그러자 병사가 "하지만 저 안에서 제가 무엇을 하면 되나요?" 하고 물었습니다. "돈을 차지하세요. 나무 아래에 도착하면 등불이 잔뜩 켜진 홀이 있을 것이고, 그 아래에 3개의 문과 자물쇠가 있을 거예요."라며 마녀가 설명을 이어갔습니다.

마녀의 말에 따르면 첫 번째 문 안에는 찻잔만큼 큰 눈을 가진 개가 커다란 상자를 지키고 있을 것이며, 두 번째 상자는 물레방아만큼 큰 눈을 가진 개가, 그리고 세 번째 상자는 탑만큼 큰 눈의 개가 지키고 있다고 했습니다. 마녀는 앞치마를 바닥에 펼친다면 개가 알아서 도망갈 것이라고 이야기했죠. 터무니없는 이야기 같았지만 병사는 세 개의 상자에 각각 돈, 은화, 그리고 금이 들어 있다는 이야기에 도전해 보기로 했습니다. 마녀는 병사가 그만큼 부유해지는 대신 그 안 어딘가에 있는 부시통을 요청했습니다. 병사는 "약속할게요. 이제 제 몸에 밧줄을 둘러 주시죠."라고 이야기한 뒤 나무 안으로 들어갔습니다.

sentence 181

"Good evening, soldier; you have a very fine sword, and a large knapsack, and you are a real soldier; so you shall have as much money as ever you like."

"좋은 저녁입니다, 병사님. 당신은 아주 좋은 검과 큰 배낭을 가지고 있고, 진짜 군인이군요. 그러므로 당신은 당신이 원하는 만큼 부유해질 자격이 있습니다."

sentence 182

I will tie a rope round your body, so that I can pull you up again when you call out to me.

내가 당신의 몸에 밧줄을 묶어서, 당신이 나를 부를 때 당신을 다시 끌어올려 주겠습니다.

sentence 183

The dog who sits on this chest is very dreadful; his eyes are as big as a tower, but do not mind him. If he also is placed upon my apron, he cannot hurt you, and you may take from the chest what gold you will.

그 개는 매우 무서운 개입니다. 그 개의 눈은 탑처럼 크지만, 신경 쓰지 마세요. 그 개가 나의 앞치마 위로 올라가면, 그 개는 당신을 다치게 할 수 없습니다. 당신은 그 개의 가슴팍에서 금을 가져갈 수 있습니다.

sentence 184

"But what am I to give you, you old witch? for, of course, you do not mean to tell me all this for nothing."

"그렇다면 저는 당신에게 무엇을 줘야 하나요? 당연히 이것을 아무 대가 없이 말해 주는 것은 아닐 것 아닙니까."

군인은 첫 번째 문을 열고 들어가 눈이 찻잔만 한 개를 만났습니다. 마녀가 알려준 방법대로 앞치마를 펼치자, 개는 순순히 말을 들었습니다. 남자는 구리를 잔뜩 집었습니다. 다음 방에서, 물레방아만큼 큰 눈을 가진 개가 병사를 쳐다보았습니다. 마찬가지로 개를 제압한 후, 은화를 잔뜩 긁어모으고 이전 방에서 집었던 구리를 모두 버렸습니다. 마지막 방에서는 탑만큼 큰 눈을 가진 개를 보았습니다. 이미 예상했지만, 그 개는 생각보다도 훨씬 흉측했습니다. 남자는 침착하게 금화를 잔뜩 챙겼습니다. 걷기 힘들 정도로 금화를 챙기고 나서야 그는 밖으로 나왔습니다. 부자가 된 기분으로 그는 마녀에게 자신을 끌어내 달라고 요청했습니다.

"부시통을 저에게 주세요."라고 늙은 마녀가 말했습니다. 남자는 주기 전에, 마녀에게 어떤 목적으로 쓸 것인지 물었습니다. 하지만 마녀는 절대 대답하지 않았습니다. 병사는 다시 마녀에게 "그걸로 무엇을 할 것인지 저에게 말하지 않으면, 저는 당신의 목을 벨 것입니다."라고 협박했지만 마녀는 그의 말을 듣지 않았습니다.

병사는 화를 참지 못하고 마녀의 목을 베어 버렸습니다. 그에게는 수많은 금화와 어디에 사용하는지 정체 모를 부시통만 남아 있었습니다. 병사는 이것들을 챙겨서 가장 가까운 마을로 갔습니다. 마을에서 가장 좋은 여관을 잡고 그가 가장 좋아하는 음식들을 잔뜩 주문했습니다.

sentence 185

"I tell you what." said the soldier, "if you don't tell me what you are going to do with it, I will draw my sword and cut off your head."

병사가 말했습니다. "당신에게 경고하는데, 그걸로 무엇을 할 것인지 저에게 말하지 않으면, 저는 당신의 목을 벨 것입니다."

sentence 186

It was a very nice town, and he put up at the best inn, and ordered a dinner of all his favorite dishes, for now he was rich and had plenty of money.

아주 좋은 마을이었고, 그는 가장 좋은 여관에 묵고, 그가 좋아하는 모든 요리를 저녁 식사로 주문했습니다. 그는 지금 돈이 매우 많았기 때문이죠.

"She lives in a large copper castle, surrounded by walls and towers. No one but the king himself can pass in or out, for there has been a prophecy that she will marry a common soldier, and the king cannot bear to think of such a marriage."

"공주는 벽과 탑으로 둘러싸인, 구리로 된 큰 성에 살고 있었습니다. 왕 이외에는 아무도 드나들 수 없었습니다. 왜냐하면 왕은 공주가 일반 병사와 결혼할 것이라는 예언을 들었기 때문입니다. 왕은 그런 결혼을 차마 생각할 수 없었습니다."

He passed a very pleasant time; went to the theatre, drove in the king's garden, and gave a great deal of money to the poor, which was very good of him; he remembered what it had been in olden times to be without a shilling.

그는 매우 즐거운 시간을 보냈습니다. 극장에 가고, 왕의 정원에서 차를 타고, 가난한 사람들에게 많은 돈을 주었는데, 이것은 그에게 매우 좋은 일이었습니다. 그는 옛날에 1실링도 없었던 때는 어땠는지를 기억했습니다.

But his money would not last forever; and as he spent and gave away a great deal daily, and received none, he found himself at last with only two shillings left.

그러나 그의 돈은 영원히 지속되지 않았습니다. 그가 매일 많은 돈을 쓰고, 나누어 주느라 아무것도 벌지 못하자, 그는 겨우 2실링밖에 남지 않은 자신을 발견했습니다.

부자로 살아가던 병사는 어느 날 그 마을의 아름다운 공주에 대한 소문을 들었습니다. 그는 "어디로 가야 그녀를 볼 수 있나요?"라고 물었습니다. 백성들은 공주에 대한 이야기를 자세히 병사에게 들려주었습니다. 공주는 미천한 병사랑 결혼할 거라는 예언을 받은 후로, 왕 외에는 그 누구도 드나들 수 없는 곳에 갇혀 지내고 있다고요.

병사는 그녀의 얼굴이 궁금했지만 불가능하다는 것을 깨닫고 그녀의 존재를 지웠습니다. 그는 가난하던 시절을 잊고, 새로운 친구들을 만나고 맛있는 것을 먹었습니다. 그의 돈으로 함께 어울려 노는 친구들은 그가 신사라고 말하고 다녔습니다.

흥청망청 돈을 써 버린 그는 다시 가난해졌습니다. 수중에 남은 돈은 2실링밖에 없었지요. 그는 우선 거주지를 다락방으로 옮겼습니다. 더 이상 친구들은 그를 보러 그의 집에 찾아오지 않았습니다. 양초를 살 돈도 없던 그는 부시통을 기억해 냈습니다.

부싯돌에서 불이 튀자, 첫 번째 문에서 보았던 찻잔만큼 큰 눈을 가진 개가 튀어나왔습니다. "주인님, 무엇이 필요하신가요?" 병사는 당황하다가, 돈을 가져다 달라고 요청했습니다. 그러자 개는 병사에게 꾸준히 돈을 가져다주었습니다. 병사는 그제야 부시통의 가치를 알게 되었습니다. 다시 부자가 된 그에게 친구들이 돌아왔고, 다시 그는 사교계의 유명 인사가 되었습니다.

공주의 얼굴을 궁금해하던 그는 두 번째 개를 소환해 "공주가 보고 싶다."라고 이야기했습니다. 개는 잠든 공주를 그에게 데려와 보여 준 후, 다시 궁전으로 돌아갔습니다. 공주는 그 꿈 이야기를 왕에게 전했고, 왕비는 그 사실을 들은 후 그녀를 밤새 감시했습니다.

다음 날도 병사는 소원을 빌었고, 왕비는 공주를 데려가는 개를 따라가 병사의 방문 앞에 표식을 그렸습니다. 공주를 데려다주고 돌아온 개는 그 모습을 보고 모든 방문 앞에 표식을 남겨 두었습니다. 왕비는 범인을 찾지 못하자, 다음 날 밤에는 공주의 몸에 밀가루를 숨겨 두었습니다. 그렇게 왕비와 왕은 결국 병사를 찾아내 감금했습니다.

죽을 위기에 처한 병사는 심부름꾼을 불러 부시통을 가져다 달라고 요청했습니다. 사형수들은 죽기 직전에 마지막 소원을 말할 수 있었는데, 병사는 소원으로 "마지막으로 담배를 피우고 싶다."라고 요청했습니다. 왕은 기꺼이 그 부탁을 들어주었습니다. 병사가 부시통을 '탁, 탁' 치며 불을 붙이는 순간 세 마리의 개가 모두 튀어나왔습니다. 병사는 그 개들에게 소원으로 "내가 교수형에 처하지 않도록 도와주세요."라는 소원을 빌었습니다. 순식간에 개들은 재판관, 배심원, 왕, 왕비를 물어뜯기 시작했습니다. 그리고 그들은 흔적도 남기지 못하고 세상에서 사라졌습니다.

sentence 190

"Hallo," said the soldier; "well this is a pleasant tinderbox, if it brings me all I wish for."

"안녕" 군인이 말했습니다. "음, 그러니까, 이건 내가 말하는 대로 모든 것을 가져다준다는 부시통이겠지?"

sentence 191

But what is the use of that if she is to be shut up in a copper castle surrounded by so many towers. Can I by any means get to see her.

그런데 공주가 그렇게 많은 탑들로 둘러싸인 구리 성 안에 갇혀 있으면 무슨 소용인가요? 제가 공주를 만나러 갈 수 있을까요?

sentence 192

"It is midnight." said the soldier, "yet I should very much like to see the princess, if only for a moment."

"지금은 자정입니다."라고 병사가 말했습니다. "하지만 저는 잠시만이라도 공주를 보고 싶습니다."

sentence 193

In the morning, while at breakfast with the king and queen, she told them what a singular dream she had had during the night, of a dog and a soldier, that she had ridden on the dog's back, and been kissed by the soldier.

아침에 왕과 왕비와 함께 아침식사를 하는 동안, 공주는 밤새 벌어진 개의 등을 타서 밖으로 나갔던 이야기, 병사에게 키스를 받은 이야기를 꿈이라고 생각하며 그들에게 이야기해 주었습니다.

sentence 194

So the next night one of the old ladies of the court was set to watch by the princess's bed, to discover whether it really was a dream, or what else it might be.

그래서 다음 날 밤 궁정의 노부인들 중 한 명이 공주의 침대 옆에서 그것이 정말 꿈인지, 아니면 다른 것인지를 알아내기 위해 감시하도록 했습니다.

sentence 195

She thought it would help her to remember the place if she made a large cross on the door with a piece of chalk.

노부인은 분필로 문에 큰 십자가를 그으면 그곳을 기억하는 것이 도움이 될 것으로 생각했습니다.

sentence 196

Early the next morning the king and queen accompanied the lady and all the officers of the household, to see where the princess had been.

다음 날 아침 일찍 왕과 왕비는 공주가 어디에 있는지 보기 위해 모든 관리인과 동행했습니다.

But the queen was a very clever woman; she could do a great deal more than merely ride in a carriage.

하지만 왕비는 매우 영리한 여성이었습니다. 그녀는 단지 마차를 타는 것 이상의 일을 할 수 있었습니다.

The soldier already stood on the ladder; but as they were about to place the rope around his neck, he said that an innocent request was often granted to a poor criminal before he suffered death. He wished very much to smoke a pipe, as it would be the last pipe he should ever smoke in the world.

병사는 이미 사다리 위에 서 있었습니다. 그러나 그들이 그의 목에 밧줄을 걸려고 할 때, 그는 종종 교수형을 당하기 전에 불쌍한 범죄자의 부탁을 들어주지 않았냐고 물었습니다. 그는 세상에서 피울 수 있는 마지막 담배를 원했습니다.

The soldier took his tinder-box, and struck fire, once, twice, thrice,— and there in a moment stood all the dogs;—the one with eyes as big as teacups, the one with eyes as large as millwheels, and the third, whose eyes were like towers. "Help me now, that I may not be hanged," cried the soldier.

그 병사는 자신의 부시통을 가져다가 불을 붙였습니다. 한 번, 두 번, 세 번, 순식간에 모든 개들이 나타났습니다. 눈이 찻잔만한 개, 물레방아처럼 큰 개, 그리고 눈이 탑만 한 개였습니다. 병사는 "지금 저를 도와주세요. 제가 교수형에 처하지 않도록 말입니다."라고 외쳤습니다.

이 모습을 지켜본 백성들과 군사들은 울거나, 비명을 지르거나, 경이롭게 바라봤습니다. 왕족이 모두 죽은 그 자리에서 백성들은 그 병사를 왕으로 추대했습니다. 공주는 드디어 세상 밖으로 나올 수 있었고, 병사와 공주는 결혼식을 올렸습니다. 병사는 당연히 왕이 되었고, 일주일 동안이나 진행된 결혼식을 세 마리의 개들이 바라보고 있었답니다.

기존의 '권선징악'이라는 주제를 담은 동화들에서는 보기 힘든 결말입니다. 마녀를 속이고 부시통까지 독차지한 군인이, 심지어 흥청망청 돈을 쓰느라 지혜롭게 살지도 못한 군인이 운 좋게 얻은 요행 덕분에 쿠데타까지 성공합니다. 그리고 한 톨의 노력도 없이 일개 병사에서 왕위에 오르게 됩니다. '공주는 미천한 병사를 만나서 결혼할 것이다.'라는 예언마저 현실이 되는 신기한 동화이기도 합니다.

이 작품은 덴마크의 민담을 바탕으로 안데르센이 각색해 재창작한 동화입니다. 그만큼 설화에 잔혹함과 몽환적인 설정들을 작가가 가미한 작품입니다. 노력 하나 없이 세상에서 가장 높은 자리에 오를 수 있었던 병사를 생각하면 '부시통'의 존재는 행운이 아닐 수 없습니다. 하지만 결국 자신을 부유하게 해준 마녀를 죽이고, 왕과 왕비를 온 백성이 보는 앞에서 죽게 한 그에게 '부시통'의 존재가 과연 행운이기만 할까요? 아니면 그를 평생 악몽에 살게 할 저주일까요? 인간의 탐욕적 본성에 관해 깊이 사유하게 하는 작품입니다.

해당 문장은 이 작품의 주제입니다. 영어나 한국어 표현을 보고 자기만의 방식
으로 의역하거나 그대로 필사해 보면서 안데르센의 문장을 사유해 보세요.

sentence 200

The princess came out of the copper castle, and became
queen, which was very pleasing to her. The wedding festivities
lasted a whole week, and the dogs sat at the table, and stared
with all their eyes.

공주는 구리 성에서 나와 왕비가 되었는데, 이 사실은 공주를
매우 기쁘게 했습니다. 결혼식은 일주일 내내 계속되었고, 개
들은 테이블에 앉아 모든 것을 지켜보았습니다.

....

....

....

....

....

....

구혼자의 시신들로
만들어진 정원

The Traveling Companion_길동무

어느 마을에 존이라는 성실한 청년이 아버지와 함께 살고 있었습니다. 존은 극진한 효심을 가진 동시에 신을 섬기는 것도 소홀히 하지 않는 사람이었습니다. 그러던 어느 날, 아버지가 돌아가시게 되자 존은 슬픔에 잠겨 울다가 마을 밖으로 나가 더 넓은 세상을 구경하기로 결심합니다. 교회에서 극진하게 장례를 치르고, 아버지를 무덤에 모신 존은 길을 걸어 옆 마을에 도착합니다. 그는 그곳의 들판에서 풀을 침대 삼고, 밤하늘을 이불 삼아 자곤 했습니다. 일요일이 되자, 존은 그 마을의 교회를 방문해 예배를 올렸습니다.

그 교회 옆에는 아무도 돌보지 않아 잡초가 무성하게 자란 무덤이 있었습니다. 존은 그 모습을 보고 자신이 두고 온 아버지의 무덤이 떠올랐습니다. "아버지의 무덤도 곧 잡초로 뒤덮일 테지.”라고 말하며 그는 모르는 이의 무덤을 정리했습니다.

그날 밤, 존은 남자 둘이 모르는 사람의 시신을 버리려고 하는 모습을 목격했습니다. 남자들이 말하길, 그 사람은 빚을 갚지 못하고 죽었기 때문에 이렇게라도 벌을 받아야 한다는 것이었습니다. 존은 죽은 후에도 존중받지 못하는 그 사람을 가여워하며 대신 빚을 갚아 주었습니다. 비록 빈털터리가 되었지만, 그는 홀가분한 마음으로 다음 날 여행길에 오를 수 있었습니다.

깊은 숲속을 지나던 도중, 그는 어디선가 자신을 부르는 목소리를 들었습니다. 어떤 사나이가 와서 존에게 말을 걸었습니다. 사나이도 존과 마찬가지로 넓은 세상을 향해 나아가고 있다고 했습니다. 둘은 대화가 잘 통했고, 서로가 선한 사람이라는 사실을 알았습니다. 무엇보다 그 사내는 굉장히 박학다식한 사람이었습니다. 존이 모르는 지식들을 많이 알고 있어 존은 그 사내와의 동행을 즐겼습니다. 둘은 길을 가면서 여러 기이한 경험을 합니다.

sentence 201

"You have been a good son, John." said the sick father, "and God will help you on in the world."

"존, 너는 좋은 아들이었어." 병든 아버지가 말했습니다. "신께

서 네가 이 세상을 살아가는 동안 너를 도와 줄 거야."

sentence 202

John wept bitterly. He had no one in the wide world now; neither father, mother, brother, nor sister.

존은 슬프게 울었습니다. 그에게는 더 이상 이 넓은 세상에서 곁에 남아 있는 사람이 없었습니다. 아버지도, 어머니도, 남동생도, 여동생도요.

sentence 203

The son walked behind the coffin which contained his father, whom he so dearly loved, and would never again behold.

아들은 그토록 사랑했고, 이제 더는 볼 수 없는 아버지가 들어 있는 관의 뒤를 따라 걸어갔습니다.

sentence 204

"You must not be so sorrowful, John. Do you see the beautiful blue sky above you? Your father is up there, and he prays to the loving Father of all, that you may do well in the future."

"존, 그렇게 슬퍼하지 말거라. 네 위에 펼쳐진 아름다운 푸른 하늘이 보이니? 아버지는 그곳에 잘 계시단다. 네가 앞날을 잘 헤쳐 나가기를 진심으로 기도하면서 계시지."

As he passed through the fields, all the flowers looked fresh and beautiful in the warm sunshine, and nodded in the wind, as if they wished to say, "Welcome to the green wood, where all is fresh and bright."

그가 들판을 지날 때, 모든 꽃이 따뜻한 햇살을 받으며 싱그럽고 아름답게 보였고, 마치 "모든 것이 싱그럽고 밝은 푸른 숲에 오신 것을 환영합니다."라고 말하고 싶은 듯 꽃들은 바람을 맞으며 고개를 끄덕였습니다.

"It is all I possess in the world, but I will give it to you if you will promise me faithfully to leave the dead man in peace. I shall be able to get on without the money; I have strong and healthy limbs, and God will always help me."

"이건 내가 가진 전 재산입니다. 다만, 죽은 사람을 평안하게 내버려두겠다고 성실히 약속해 주신다면 주겠습니다. 그 돈 없이도 나는 살아갈 수 있을 것입니다. 나는 강하고 건강한 팔다리를 가지고 있고, 신은 항상 나를 도와주실 것입니다."

존의 길동무는 신기한 연고를 가지고 있었습니다. 그는 길을 가다 다리가 부러진 할머니의 다리에 연고를 발라 고쳐 주었습니다. 그리고 그 대신 할머니가 가지고 있던 나뭇가지를 선물로 받았지요. 여관에서는 인형극하는 남자의 고장 난 인형을 고쳐 주고, 그가 차고 있던 칼을 선물로 받았습니다. 마을에 도착하기 전에는 눈앞에서 갑자기 죽은 백조의 날개를 잘라왔습니다.

어딘가 범상치 않은 길동무와 존은 그렇게 대도시에 도착하게 되었습니다. 대도시의 사람들은 공주에 대한 이야기를 하고 있었습니다. 소문에 따르면 도시의 공주는 눈부시게 아름답지만 잔혹한 마녀여서 자신에게 구혼한 사람에게 퀴즈를 내고 맞히지 못하면 모두 목매달아 죽인다고 했습니다. 존은 잔인한 공주를 비난하며 마을 사람들과 식사를 마쳤습니다. 그러나 식사를 마치고 나온 존은 행진 중인 공주와 마주쳤고, 그 순간 그 아름다움에 매료되어 공주에게 목숨을 건 청혼을 하기로 결심합니다. 길동무, 마을 사람들, 심지어는 왕까지 그를 말렸습니다.

왕은 존을 만류하며 궁궐 안의 정원을 보여 주었습니다. 정원은 공주에게 구혼했다가 목숨을 잃은 시신들이 널브러져 있었습니다. 나뭇가지에 시신이 널려 있었고, 화단에는 해골이 놓여 있었습니다. 하지만 존은 의지를 굽히지 않았고, 다음 날부터 공주와 퀴즈 내기를 진행하기로 합니다. 종목은 공주가 머릿속으로 생각한 것을 존이 맞추는 것이었습니다.

존은 숙소로 돌아와 길동무와 함께 저녁식사를 성대하게 차려 먹습니다. 존은 깊은 잠에 빠지고, 길동무는 전에 얻었던 백조의 날개를 달고 성 밖으로 날아갑니다. 그의 행선지는 바로 공주가 가려고 하는 마녀의 소굴이었습니다. 길동무는 자신의 모습이 보이지 않는 마술을 걸고, 공주의 뒤를 따라 날아다니며 몰래 공주를 회초리로 때렸습니다. 공주는 그의 모습이 보이지 않았으므로 우박이 내린다고 생각했습니다.

공주가 도착한 마녀의 소굴은 기괴하게 생긴 공간이었습니다. 음산한 분위기를 뿜어내고 있었고, 마녀는 옥좌에 앉아 있었습니다. 마녀가 공주에게 내라고 한 문제의 정답은 '구두'였습니다. 공주는 궁전으로 돌아가고, 길동무는 존에게 어제 '구두'를 생각하는 꿈을 꿨다며 정답을 알려줍니다. 존은 그의 말을 믿고 첫 번째 문제를 맞히는 데 성공하지요.

다음 날 밤도 마찬가지로 길동무는 공주를 미행했습니다. 이번에도 그는 공주를 회초리로 때리며 마녀의 소굴로 들어갔고, 다음 날 있을 퀴즈의 정답이 '장갑'이라는 사실을 알아냅니다. 나갈 채비를 하는 존에게 꿈에서 신이 알려주셨다며 정답을 전해 줍니다. 존은 두 번째 문제 역시 맞히고 의기양양하게 돌아옵니다.

sentence 207

What joy it will be when we see each other again! How much I shall have to relate to him, and how many things he will be able to explain to me of the delights of heaven, and teach me as he once did on earth.

우리가 다시 만날 때 얼마나 행복할까요! 내가 그와 얼마나 연관되어 있는지, 그리고 그에게서 지구에 존재하는 행복에 대해서 얼마나 많이 배울 수 있었는지!

sentence 208

John continued his journey, and thought of all the wonderful things he should see in the large, beautiful world, till he found himself farther away from home than ever he had been before.

존은 여행을 계속했고, 그가 전보다 집에서 더 멀리 떨어져 있다는 것을 발견할 때까지, 크고 아름다운 세상에서 그가 보아야 할 모든 멋진 것들을 생각했습니다.

sentence 209

He did not even know the names of the places he passed through, and could scarcely understand the language of the people he met, for he was far away, in a strange land.

그는 자신이 지나온 곳들의 이름조차 알지 못했고, 낯선 땅에서 멀리 떨어져 있었기 때문에 만난 사람들의 언어조차 거의 이해할 수 없었습니다.

sentence 210

"I am going into the wide world also." replied the stranger; "shall we keep each other company?"

"나도 넓은 세상으로 갑니다." 낯선 사람이 대답했습니다. "그렇다면 우리, 동행할까요?"

sentence 211

I will take them with me. You see now that a sword will be very useful.

저는 이 날개를 가져가려고 합니다. 어제 받은 칼이 매우 유용하겠네요.

sentence 212

On every tree hung three or four king's sons who had wooed the princess, but had not been able to guess the riddles she gave them. Their skeletons rattled in every breeze, so that the terrified birds never dared to venture into the garden.

모든 나무에는 공주에게 구애했지만 공주가 내는 수수께끼를 풀지 못한 서너 명의 왕자의 시신이 매달려 있었습니다. 그들의 뼈대는 바람이 불 때마다 덜렁거렸고, 겁에 질린 새들은 감히 정원으로 뛰어들 엄두를 내지 못했습니다.

마지막 문제를 내기 위해 마녀의 소굴을 방문한 공주는 울상이었습니다. "그들이 두 개의 문제를 모두 맞혔어요. 내일 날이 밝고 세 번째 정답을 맞히면 저는 결혼해야 할 거예요! 이곳에 오지도 못하고, 더 이상 마술을 부리지도 못하겠죠."라며 슬프게 흐느꼈습니다. 마녀는 공주를 위로하며 내일 낼 문제를 고민해 주겠다고 했습니다. 그러고는 공주를 데려다주기 위해 다시 궁궐로 함께 날아왔습니다. 마녀는 공주에게 귓속말로 "내일은 내 머리를 생각하렴, 아가."라고 정답을 알려주었습니다. 그 대화를 보이지 않는 마술로 몸을 숨긴 존의 길동무가 듣고 있는 줄은 꿈에도 몰랐지요.

공주는 궁궐로 들어가고, 길동무는 다시 굴로 돌아가는 마녀의 뒤를 쫓았습니다. 강물 위를 지날 때 즈음, 그는 인형극을 하는 남자에게 받았던 칼로 마녀의 머리를 한 번에 잘라 버립니다. 그는 마녀의 몸뚱어리는 물에 가라앉게 내버려두고, 머리만 깨끗하게 씻어 손수건에 싼 뒤 존에게 건네줍니다.

"존, 공주가 정답을 말하라고 하면 꼭 이걸 보여 주세요. 대신, 그전에는 절대 열어 보면 안 됩니다." 존은 힘차게 끄덕이고 그가 준 선물을 가지고 궁궐로 발걸음을 옮겼습니다. 공주가 마지막 문제를 냈습니다. "지금 내가 생각하고 있는 것을 맞춰보세요."라는 말에 존이 힘차게 손수건을 풀자, 궁궐 한복판에 사악한 마녀의 머리가 등장했습니다. 왕과 신하들, 그리고 존은 비명을 질렀고 공주는 얼어붙었습니다. 몇 분 뒤 정신이든 공주는 존에게 걸어와 한숨 쉬며 손을 내밀었습니다. "당신이 이겼어요. 저는 이제 당신의 신부가 되도록 하죠."라면서요. 왕과 왕비는 눈물까지 흘리며 공주의 결혼을 기뻐했습니다.

하지만 이 이야기는 여기서 끝나지 않습니다. 마녀가 죽어도 마녀가 남긴 '공주는 다른 누군가를 사랑할 수 없다.'라는 저주가 남아 있었기 때문입니다. 결혼을 했는데도 존을 사랑하지 않는 공주의 저주를 풀기 위해 존의 길동무는 다시 방법을 알려 줍니다. 공주가 침대에 눕기 전에, 깨끗한 물에 세 번 빠트려야 한다고 말하죠. 존은 길동무의 말대로 공주를 물에 빠트립니다. 공주는 백조의 모습으로 변했다가, 목에 검은 띠를 두른 사람으로 변했다가, 한 번 더 빠진 후에 다시 사람으로 돌아옵니다. 공주는 저주가 풀리자마자 존에게 눈물을 흘리며 감사 인사를 전하고, 진심으로 존과 사랑에 빠집니다.

덕분에 모든 문제를 해결하고 영웅이자 왕의 사위가 된 존은 그의 길동무에게 은혜를 갚겠다며, 함께 궁궐에서 살자고 제안하지만 길동무는 오히려 자신이 은혜를 갚았다며 한사코 거절합니다. 혜성처럼 나타난 존의 영리한 길동무는 사실, 교회에서 시신이 버려질 뻔했던 그 남자였습니다. 죽은 남자는 존의 선행에 감동받아 이승에 돌아와 그에게 보답한 것이었습니다. 남자는 자신의 정체를 밝힌 뒤 다시 사라지고, 존은 아름다운 공주와 결혼해 왕위를 물려받고 행복하게 살았습니다.

sentence 213

If he succeeded, he would have to come a second time; but if not, he would lose his life,—and no one had ever been able to guess even one.

그가 성공한다면, 그는 두 번째 문제를 풀러 와야 할 것입니다. 성공하지 못한다면, 그는 목숨을 잃게 되겠지요. 하지만 여태 그 누구도 첫 번째 관문조차 통과하지 못했습니다.

sentence 214

Shining glow-worms covered the ceiling, and sky-blue bats flapped their transparent wings. Altogether the place had a frightful appearance.

빛나는 야광 벌레들이 천장을 뒤덮었고, 하늘색 박쥐들은 투명한 날개를 퍼덕였습니다. 그 장소의 모든 것이 무서운 모습을 하고 있었습니다.

Think of one of your shoes, he will never imagine it is that. Then cut his head off; and mind you do not forget to bring his eyes with you to-morrow night, that I may eat them.

네 신발 중 하나를 생각해 두렴, 그는 오히려 쉬운 걸 생각해 내지 못할 거야. 그리고 그의 머리를 베어서 내일 밤 나에게 가져와. 내가 그것을 먹을 수 있도록 말이야.

The whole court jumped about as they had seen the king do the day before, but the princess lay on the sofa, and would not say a single word.

존이 정답을 맞히자, 왕궁의 모든 사람이 전날 왕이 그랬듯이 신나서 뛰어올랐지만, 공주만은 소파에 기대앉은 채로 한 마디도 하지 않았습니다.

She looked at no one, but sighed deeply, and said, "You are

my master now; this evening our marriage must take place." "I
am very pleased to hear it," said the old king. Then all the
people shouted "Hurrah."

공주는 아무도 쳐다보지 않고 깊은 한숨을 쉬며 "이제 당신이
나를 가졌으니 오늘 저녁에 결혼식을 올리죠."라고 말했습니
다. 왕은 "그 말을 들으니 매우 기쁘구나."라고 말했고, 모든 백
성은 "만세!"를 외쳤습니다.

sentence 218

She was more lovely even than before, and thanked him, while
her eyes sparkled with tears, for having broken the spell of the
magician.

그녀는 전보다 더 사랑스러웠고, 그녀의 눈은 눈물로 반짝였습
니다. 마녀의 주문을 깨뜨린 것에 대해 그에게 감사했습니다.

sentence 219

John and his princess loved each other dearly, and the old king
lived to see many a happy day, when he took their little chil-
dren on his knees and let them play with his sceptre.

존과 공주는 서로를 끔찍이 사랑했고, 늙은 왕은 행복한 여생

을 보냈습니다. 그는 어린 왕손을 자기 무릎에 올려 두고 키울 정도로 행복했습니다.

안데르센은 가난한 집에서 태어나 경제적으로 어려운 상황을 겪었고, 자신의 꿈을 이루기 위해 여러 현실적인 벽에 부딪혔습니다. 이러한 어려움과 상실감은 〈길동무〉의 주인공이라고 할 수 있는 캐릭터들에 반영되었습니다. 주인공이 모험을 통해 성장하고 삶의 어려움을 극복하는 과정은 안데르센이 자신의 삶에서 얻은 교훈과 경험을 반영한 것입니다.

또한 안데르센은 사회적 지위 상승에 대한 꿈을 가지고 있었고, 자신의 예술적 업적에 대한 인정을 받기까지 많은 노력을 기울였습니다. 이러한 열망과 노력 역시 〈길동무〉의 주인공이 넓은 세상을 향해 나아가는 모험을 통해 나타납니다.

작품 속에는 바보 같다고 느껴질 정도로 착한 주인공인 '존', 존을 위해서 자꾸 무언가 선의를 베풀어 주는 그의 조력자, 그리고 저주에 걸려 잔인한 성품을 가지게 된 공주가 등장합니다. 주인공인 존은 자신의 손을 전혀 쓰지 않고 공주의 시험에 통과해서 아름다운 신부와 왕의 지위를 누리게 됩니다. 어떻게 보면 주인공이 스스로 이룬 게 아무것도 없다고 느껴질 수 있는데, 이 동화에서 말하고자 하는 바는 주인공이 역경을 개척하는 과정이 아니라, 도움을 받게 된 이유에 있습니다.

주인공인 '존'이 도움을 받아서 공주를 조종하는 마녀를 죽이고, 결혼한 후에도 마녀의 저주를 푸는 것은 선이 악을 이기는 장면으로 해석됩니다. 정확히는 '존'의 선한 마음이, 저주와 온갖 마법을 물리칠 수 있을 정도로 강하다는 것이지요.

안데르센은 이 동화를 통해서 대가 없이 베푼 선행의 보상에 대해서 이야기하고 있습니다. 살아생전 한 번도 얼굴을 본 적 없는 남의 편안한 영면을 위해서 주인공은 기꺼이 돈을 내주고 빈털터리가 됩니다. 그리고 나중에 그 '조력자'에게 도움을 받아서 지위와 사랑을 모두 얻을 수 있게 되지요.

본인이 무언가를 기대하지 않더라도 베푼 선행은 어떤 방식으로라도 돌아오게 되어 있습니다. 안데르센은 동화를 통해서 우리가 베풀 줄 알고, 이해타산적이지 않은 모습으로 살아가기를 바랐을지도 모릅니다.

🖋 **내 문장 속 안데르센**

해당 문장은 이 작품의 주제입니다. 영어나 한국어 표현을 보고 자기만의 방식
으로 의역하거나 그대로 필사해 보면서 안데르센의 문장을 사유해 보세요.

sentence 220

Do you remember the dead man whom the bad people wished
to throw out of his coffin? You gave all you possessed that he
might rest in his grave; I am that man.

당신은 나쁜 사람들이 관 밖으로 내다 버리려고 했던 시신을
기억하고 있나요? 당신은 그 사람이 편히 쉴 수 있도록 당신의
전 재산을 기꺼이 주고 갔죠, 내가 바로 그 사람입니다.

....

....

....

....

....

....

무덤가에서 쐐기풀을 뜯는 마녀

The Wild Swans_백조왕자

옛날 머나먼 나라에 아름다운 공주 엘리제가 살았습니다. 그녀에겐 11명의 오빠가 있었는데, 엘리제를 몹시 귀여워했습니다. 반면, 사악한 계모 왕비는 엘리제와 왕자들을 미워했습니다. 그런 계모의 계략에 엘리제는 흉측한 몰골로 변하여 왕궁에서 쫓겨나게 되었습니다. 왕자들 역시 낮에는 백조가 되고, 밤에만 인간으로 돌아오는 마법에 걸려 왕궁에서 쫓겨났습니다. 한편, 쫓겨난 엘리제는 오빠들을 찾아 헤매던 도중 왕관을 쓴 11마리 백조에 관한 이야기를 듣고 찾아가 백조로 변한 오빠들과 재회합니다. 왕자들은 엘리제를 보호하기 위해 자신들이 지내는 곳으로 동생을 데려가기로 합니다.

그들은 밧줄을 엮어 만든 그물 위에 엘리제를 태운 뒤, 부리로 그물을 잡고 이웃 나라를 향해 날아갔습니다. 하지만 엘리제를 태우고 나니 하루 만에 갈 수 있는 거리를 평소보다 느리게 갈 수밖에 없었습니다. 거기다 날씨가 나빠지면서 먹구름까지 끼기 시작했습니다. 이러다 폭풍이 치면 바다에 빠져 죽을 위기였습니다. 그러나 다행히도 바다 위로 솟아 있는 바위를 찾으면서, 그곳에 내려가 쉴 수 있었습니다. 번쩍이는 번개와 휘몰아치는 비바람 속에서 왕자들은 모두 어깨동무를 하여 그 가운데 엘리제를 두고 밤새도록 지켰습니다.

sentence 221

The queen wrapped her head in a veil, and stood in the draught of the open door.

여왕은 머리에 베일을 두르고 문을 열면 보이는 곳에 서 있었어요.

sentence 222

The princess was terrified, but only for a moment.

공주는 겁에 질렸지만, 그것도 잠시였죠.

sentence 223

"Fly like great birds, who have no voice." But she could not make them ugly as she wished, for they were turned into eleven beautiful wild swans.

"새들처럼 날아가라, 말도 못 하는 채로 말이야." 하지만 그녀는 그녀가 바라던 대로 그들을 못생기게 만들 수는 없었어요. 그들은 11마리의 아름다운 야생 백조로 변했답니다.

sentence 224

They were driven out of the palace, and had to live in a wretched little house in a distant forest.

그들은 궁전에서 쫓겨나며 먼 숲속에 있는 비참한 작은 집에서 살아야 했답니다.

sentence 225

She saw eleven great swans flying towards the shore, and then she knew that these must be her brothers.

그녀는 해안으로 날아오는 11마리의 대형 백조를 보았고, 그때 그들이 자신의 오빠들이라는 것을 알게 되었어요.

하늘이 갠 다음 날 아침, 그들은 날아올라 마침내 이웃 나라에 도착했습니다. 그리곤 숲속의 깊은 동굴에 숨어 지친 채로 잠이 들었습니다. 그때 엘리제의 꿈에 나타난 요정이 오빠들의 마법을 풀어 줄 방법을 가르쳐 주었습니다. 동굴 주변과 교회 묘지에서 자라는 쐐기풀로 11벌의 옷을 지어 오빠들에게 한 벌 씩 입혀 주면 마법이 풀린다는 것이었습니다. 하지만 만일 옷을 다 만들기 전에 말을 한마디라도 하게 되면 곧바로 그 말이 비수로 변해 엘리제와 오빠들의 가슴에 꽂혀 죽는다고 했습니다. 그날부터 엘리제는 한마디도 하지 않고 양손이 피투성이가 되도록 쐐기풀을 따서 옷을 지었습니다.

그러던 중 숲을 지나던 이웃 나라의 왕이 우연히 엘리제를 발견했습니다. 왕은 말을 하지 못하는 그녀를 가여워하면서 궁 전으로 데려가 왕비로 삼았습니다. 이에 대주교는 말도 못 하고 출신도 의심스러운 엘리제를 마녀로 의심했습니다.

그러나 왕은 그녀를 매우 사랑했기에 그 말을 무시했습니다. 엘리제는 여전히 궁전의 방에서 오빠들의 쐐기풀 옷을 짓기 바빴습니다. 그러다 쐐기풀이 다 떨어지자, 밤에 몰래 교회 묘지에 가서 쐐기풀을 꺾어 왔습니다. 평소 그녀를 의심하여 감시하던 대주교가 이를 근거로 엘리제를 마녀라고 고발했습니다.

sentence 226

It is God who makes the wild apples grow in the wood, to

satisfy the hungry, and He now led her to one of these trees, which was so loaded with fruit, that the boughs bent beneath the weight.

굶주린 사람들을 만족시키기 위해 들판의 사과를 나무에서 자라게 하는 것은 신이시니, 이제 그는 열매가 너무 많이 맺혀서 나뭇가지들이 무게를 못 견디고 휘어진 이 나무들 중 한 그루로 그녀를 인도하셨습니다.

sentence 227

She crept through the hedge and saw eleven wild swans with feathers as white as snow. She threw them some bread, and they came nearer and nearer to her.

그녀는 울타리를 몰래 통과해서 눈처럼 하얀 깃털을 가진 11마리의 야생 백조를 보았죠. 그녀는 그들에게 빵을 던졌고, 그들은 점점 가까이 다가와 그녀와 어울리며 빵을 먹었어요.

sentence 228

The brothers flew over the trees, higher and higher into the misty mountains. And then he took his youngest sister in his arms, and flew with her to the kingdom of the flower-balls.

형제들은 나무 위를 날아서, 안개 가득한 산으로 높이 올라갔어요. 그리고 그들은 여동생을 안고 그녀와 함께 이웃 나라로 날아갔답니다.

sentence 229

"Your brothers can be released." said she, "if you have only courage and perseverance. True, water is softer than your own delicate hands, and yet it polishes stones into shapes; it feels no pain as your fingers would feel, it has no soul, and cannot suffer such agony and torment as you will have to endure."

"네가 용기와 인내심만 있다면, 형제들은 저주에서 풀려나 자유로워질 수 있을 거야. 사실, 물은 네 섬세한 손보다도 부드럽지만 돌을 깎아내지. 네 손처럼 고통을 느끼지도 않고, 영혼도 없기 때문이야. 너는 같은 고통일지라도 생생하게 느낄 거야. 물론 그 고통은 참아야 하겠지만 말이야."

sentence 230

She groped in amongst the ugly nettles, which burnt great blisters on her hands and arms, but she determined to bear it gladly if she could only release her dear brothers.

그녀는 손과 팔에 큰 물집이 생겼음에도 쐐기풀 사이를 더듬었고, 고통스러웠지만 사랑하는 형제들만 저주에서 풀어 줄 수 있다면 기꺼이 감수하기로 결심했습니다.

마녀라는 누명을 쓰게 된 엘리제에게 왕은 변호할 기회를 충분히 주었습니다. 하지만 옷을 다 짓기 전에 말을 하면 모두 죽는다는 사실 때문에 엘리제는 변명할 수 없었습니다. 대신 그녀는 감옥에서도 옷을 짓는 데만 열중했습니다.

엘리제가 화형 선고를 받았다는 소식을 듣고, 왕자들은 밤중에 궁전에 찾아가 왕을 만나게 해 달라고 빌었습니다. 그러나 경비병들은 이들을 들여보내 주지 않았고, 그들이 실랑이하는 소리에 잠에서 깬 왕이 나왔습니다. 그러나 때마침 해가 떠올라 왕자들은 백조로 변하고 말았습니다. 사형 집행 날 아침, 진실을 모르는 국민들의 저주를 받으며 화형대로 끌려가는 수레 위에서도 그녀는 마지막 남은 옷을 짓고 있었습니다.

군중들은 불길하다며 쐐기풀 옷들을 찢어 버리려고 달려들었는데, 어디선가 백조들이 날아와 엘리제를 둘러쌌습니다. 이 모습을 본 백성들은 백조가 신의 심부름을 하는 동물인 만큼, 엘리제가 무죄라는 계시라고 생각했습니다.

그 순간, 엘리제가 마지막 쐐기풀 옷을 완성했습니다. 그녀는 일어나서 쐐기풀 옷들을 백조들에게 던졌습니다. 비로소 저주가 풀린 백조들은 왕자의 모습으로 돌아왔습니다. 말을 할 수 있게 된 엘리제는 자신의 억울함을 사람들 앞에서 해명했습니다.

그러자 화형대는 그대로 사라지고 그 자리는 꽃 한 송이가 피었습니다. 왕은 반성하며 화형대가 있던 자리에 피어난 꽃을 꺾어다 그녀에게 바쳤습니다. 엘리제는 왕비의 자리를 되찾았고 왕과 함께 성대한 결혼식을 올렸습니다.

sentence 231

She gathered the long stalks, and, having tied them together in a knot, as well as she could, she proceeded to twist them, and was soon able to form a strong string.

그녀는 긴 줄기들을 모아 묶은 다음, 최대한 매듭을 묶어 놓고 꼬아서 강한 줄을 만들었어요.

sentence 232

She sat down to her spinning-wheel, and continued to spin till she had got the longest and finest thread that had ever been seen in the land.

그녀는 물레를 돌리고 돌려서 가는 실을 만들었어요. 그 실은 그동안 본 적 없을 만큼 가늘고 길었답니다.

She knew that she must be silent, and not utter a single word; or her brothers would be killed.

그녀는 침묵해야 했고 한마디도 내뱉지 않아야 했어요. 그렇지 않으면 그녀의 형제들이 죽을 테니까요.

She took courage, and used the sharp leaves of the rushes to lace together a dress for herself.

그녀는 용기를 내어, 쐐기풀의 날카로운 잎사귀를 이용해 옷을 지었어요.

She could not speak, nor move; but she watched till the last ray of light had vanished, and the colours faded from the sky.

그녀는 말도 할 수 없었고 움직일 수도 없었지만, 마지막 빛줄기가 사라지고 하늘의 색상이 사라질 때까지 지켜보았어요.

She had to go forth into the wide world, with bare feet, and withered cheeks, an outcast from all mankind.

그녀는 모든 사람에게 외면당한 채 맨발과 시든 뺨으로 넓은 세상을 향해 떠나야 했답니다.

She felt that she must fly away, out into the world and seek her brothers.

그녀는 자신이 날아가서 세상 밖에서 자신의 형제들을 찾아야 한다고 느꼈어요.

Every morning the sister went out to the grave, and wept, and a little bird came and sat upon her shoulder, and gave her counsel.

매일 아침 엘리제는 묘지로 나가서 울었고, 작은 새가 그녀의 어깨에 앉아 조언을 해 주었어요.

The hot tears fell upon the delicate plants, and penetrated down to the root of each.

뜨거운 눈물이 섬세한 식물들 위에 떨어지고, 각각의 뿌리까지 스며들었어요.

〈백조왕자〉는 엘리제의 가족에 대한 깊은 사랑과 남매간의 우애를 감동적으로 그려내 많은 어린이에게 사랑받은 안데르센의 동화입니다. 이 작품은 가족의 행복을 위해서 개인이 인내하는 마음이 결국 행복한 결말을 가져온다는 주제를 담고 있어, 아이들과 부모님에게 큰 호응을 얻었습니다. 엘리제처럼 가족을 위해 자신이 할 수 있는 일을 아이들이 생각할 수 있게 하는 유익한 작품이었기 때문입니다.

그러나 현대에는 이 작품이 차별적인 여성상을 담고 있다는 해석도 있습니다. 동화 속 엘리제의 모습은 상당히 희생적으로, 백조가 되는 저주에 걸린 오빠들을 구하기 위해 밤새 뜨개질을 하는 등 말 못 할 고통을 감수합니다. 이러한 장면은 보이지 않는 여성의 노동이 당연시되는 것으로 보이기도 합니다. 또한 오빠들이 도와주지 않으면 죽을 위험에 처하는 등 나약한 면모를 보입니다.

계모 역시 여성 주인공을 괴롭히는 전형적인 여성 악당의 모습을 하고 있습니다. 왕자들을 괴롭히기 위한 방법으로 인간으로서의 주체성을 잃게 만드는 것을 택한 것과 달리 엘리제를 괴롭힌 방법은 외모를 흉측하게 만드는 것이었습니다. 이 부분은 안데르센 자신이 외모 때문에 상처를 받은 경험과도 연관되어 있습니다. 특히 저주로 흉측한 얼굴이 되었는데도 선량한 내면을 갖고 역경을 이겨내는 엘리제의 모습을 보면, 외적인 가치보다 내적인 아름다움과 선량함을 중요하게 생각한 안데르센의 철학이 반영된 것입니다.

그녀의 오빠들이 백조로 변하는 것은 사실 당시에 새롭게 등장하던 자연주의 운동이 영향을 미쳤습니다. 동물을 인간의 지배에서 벗어나 동등한 존재로 생각하는 자연주의적 이념이 반영된 것입니다. 여러분은 이 동화를 어떻게 해석하고 싶은가요? 동화의 의미는 독자마다 다르게 해석될 수 있습니다. 즉 작품은 다양한 측면에서 해석되며, 그 다양성이 독자들에게 다양한 감정과 생각을 전달할 것입니다.

내 문장 속 안데르센

해당 문장은 이 작품의 주제입니다. 영어나 한국어 표현을 보고 자기만의 방식으로 의역하거나 그대로 필사해 보면서 안데르센의 문장을 사유해 보세요.

sentence 240

As soon as she touched them they became eleven handsome men.

그녀가 그들에게 손을 대자, 그들은 즉시 아름다운 11명의 남자로 돌아왔어요.

....

....

....

....

....

....

Part. 4

사유에 묻히게 하는
철학 잔혹동화

4장의 네 작품에선 주인공들이 보여 주는 교훈을 통해 도덕적이고 철학적인 가치를 심어 주기 위해 노력하는 안데르센을 마주할 수 있습니다. 안데르센은 이 작품들을 통해 깊은 철학적 사유를 가볍고 유쾌하게 풀어냅니다. 우리는 동화 속에 숨겨진 철학을 찾으며 생활의 지혜와 가치에 대해 생각하고, 자기 발견과 성장에 대한 영감을 얻게 될 것입니다.

아름다운 소녀의
두 얼굴

The Marsh King's Daughter_마쉬왕의 딸

습지에서 벌어진 일에 대해서 황새들이 들려주는 이야기입니다. 예전부터 황새는 어린아이들에 대한 이야기를 할 때 꼭 언급되어 왔습니다. 오늘 들려줄 이야기는 많은 사람에게 알려지지 않은 채, 황새들 사이에서 은밀하게 입에서 입으로 전해지고 있는 이야기입니다.

이 이야기는 바이킹 가족 근처에 둥지를 틀고 생활해 온 황새 부부가 들려주는 이야기입니다. 엄마 황새가 알을 품고 있던 평화로운 어느 날 저녁, 아빠 황새는 긴급한 소식을 전해 줍니다. "이집트 공주가 황지로 여행을 왔어."라는 이야기였습니다. 알을 품고 있던 엄마 황새 역시 놀라서 어떤 연유로 이집트 공주가 도착했는지, 왜 이곳을 여행하고 있는지를 물어보며 미스터리가 시작됩니다. 아빠 황새는 황지를 종종 방문하며 그녀

의 근황을 확인합니다. 그리고 이집트 공주가 치유의 꽃을 찾기 위해 방문했다는 사실을 알아냅니다. 이후로도 아빠 황새는 꾸준히 그녀의 흔적을 찾습니다.

sentence 241

It has been repeated from mouth to mouth, from one stork-mamma to another, for thousands of years; and each has told it better than the last; and now we mean to tell it better than all.

이 이야기는 수천 년 동안 입에서 입으로, 황새 어미의 입에서 다른 황새 어미의 입으로 전해져 왔습니다. 그리고 각각의 이야기가 지난 이야기보다 더 잘 전해져 왔습니다. 이제 우리는 그것을 모든 이야기보다 더 잘 전해 주고자 합니다.

sentence 242

You have the same intuitive feeling that I have; you know whether a thing is right or not immediately.

당신도 저와 같은 직관적인 감정을 알겠죠. 바로 일이 잘못되었는지 아닌지 알 수 있잖아요.

One morning, when the stork-papa was flying over the stem, he saw that the power of the sun's rays had caused the bud to open, and in the cup of the flower lay a charming child—a little maiden, looking as if she had just come out of a bath.

어느 날 아침, 황새가 줄기 위로 날아오르고 있을 때 그는 태양 빛의 힘으로 인해 싹이 트는 것을 보았고, 꽃잎 속에는 매력적 인 어린아이, 즉 목욕을 마치고 막 나온 것처럼 보이는 어린 소 녀가 누워 있었습니다.

People always say the stork brings the little ones; I will do so in earnest this time. I shall fly with the child to the Viking's wife; what rejoicing there will be!

사람들은 항상 황새가 어린아이들을 데려온다고 말합니다. 이 번에는 본격적으로 그렇게 할 것입니다. 저는 아이와 함께 바 이킹의 아내에게 날아갈 것입니다. 정말 기뻐할 것입니다!

어느 날, 백조의 깃털 옷을 입고 돌아다니던 이집트 공주가 사라집니다. 습지를 다스리던 강한 세력을 가진 왕이 탐낸 까

닭이지요. 마쉬왕은 황지를 다스리면서 자연을 관리합니다. 새로운 생명을 탄생시키고, 자연을 싹틔우는 지배자가 됩니다. 그리고 황지의 생태계도 마쉬왕에 의해서 관리되게 됩니다. 이렇게 주변 생물들에게 영향을 주면서 마쉬왕은 점차 영향력을 넓혀 나갑니다. 마쉬왕은 이집트 공주를 납치하고, 공주의 흔적은 알 수 없는 곳으로 사라집니다. 마쉬왕에게 납치당했다는 사실만 알 뿐, 그녀의 생사조차 확인할 수 없었지요.

여느 날과 다름없이 황지를 날아다니던 아빠 황새는 새로운 광경을 목격합니다. 바로 황지의 깊은 물속에서 특이한 꽃이 자라나고 있는 모습이었지요. 아빠 황새는 자세히 들여다보지 않아도 그 꽃이 성스러운 존재인 것을 느낄 수 있었습니다.

강한 기운과 함께 자라난 그 꽃은 황지의 심장처럼 물속에서 우뚝 솟아 자라고 있었습니다. 그 꽃이 꽃잎을 펼치자 동시에 소녀가 세상 밖으로 나오게 됩니다. 성스러운 탄생 과정을 거쳐서 탄생한 이 소녀는 이집트 공주와 비슷한 외모를 갖고 있었습니다. 황새 가족은 이 소녀가 죽은 이집트 공주의 유산이라는 확신을 갖습니다.

sentence 245

Our travelling time draws near, and I sometimes feel a little irritation already under the wings. The cuckoos and the nightingale are already gone, and I heard the quails say they should go too as soon as the wind was favorable. Our youngsters will go through all the manoeuvres at the review very well, or I am much mistaken in them.

우리의 여행 시간이 다가왔고, 날개 밑이 벌써 근질거리고 있어요. 뻐꾸기랑 나이팅게일은 이미 출발했고, 메추리들이 바람이 불자마자 가야 한다고 이야기하는 것을 들었어요. 우리 아이들은 잘 가겠지만, 제가 실수할 수도 있어요.

sentence 246

The Viking did not return on that day, nor the next; he was, however, on the way home; but the wind, so favorable to the storks, was against him; for it blew towards the south. A wind in favor of one is often against another.

바이킹은 그날도, 다음 날도 돌아오지 않았습니다. 그러나 그는 집으로 돌아가는 길이었습니다. 황새들에게 매우 유리한 바람이 그에게는 불리한 바람이었습니다. 한쪽에게 유리한 바람은 종종 다른 쪽에게 불리합니다.

sentence 247

"Something pleasant seems creeping over us, even down to

our toes, as if we were full of live frogs. Ah, how delightful it is to travel into foreign lands!"

"살아 있는 개구리들로 가득 찬 것처럼, 무언가 기분 좋은 것이 우리 위로, 심지어 우리의 발끝까지 슬금슬금 다가오는 것 같습니다. 아, 이국땅을 여행하는 것은 정말 즐거운 일입니다!"

sentence 248

More than a year had passed since the princess had set out at night, when the light of the young moon was soon lost beneath the horizon.

공주가 밤에 지평선 너머의 빛을 따라서 출발한 지 거의 1년이 넘게 지났습니다.

sentence 249

The Viking's wife was, for the time in which she lived, a woman of strong character and will; but, compared to her daughter, she was a gentle, timid woman, and she knew that a wicked sorcerer had the terrible child in his power.

바이킹의 아내는 자기가 살던 시대에는 성격과 의지가 강한 여자였지만, 딸과 비교하면 온화하고 소심한 여자였고, 그녀는 주술사가 그녀의 딸에게 그의 끔찍한 힘을 발휘했다고 생각했습니다.

Even Helga had heard of this belief in the teachings of One who was named Christ, and who for the love of mankind, and for their redemption, had given up His life.

헬가조차도 그리스도라는 이름을 가진 한 사람의 가르침에 대한 이 믿음을 알고 있었고, 인류의 사랑과 구원을 위해 그의 삶을 포기했다는 사실을 알고 있었습니다.

황새 가족은 이 아이를 근처에 살던 바이킹 가족에게 데려다 줍니다. 자식이 없던 바이킹의 아내는 선물로 받은 품속의 아이를 보고 행복해하고, 애지중지 키웁니다. 하지만 남편이 출정한 동안, 바이킹 아내는 아이에게 무언가 문제가 있음을 알게 됩니다. 밤이 되자 아이가 사라진 것이었습니다. 아내는 황급히 주변을 둘러보지만, 어떤 아이도 보이지 않고 개구리 한 마리만 보였습니다. 개구리를 죽이려고 했지만 그 개구리는 이상할 정도로 서글픈 눈망울을 하고 있었습니다. 며칠 동안 같은 상황을 겪고 나서야, 아내는 자기 딸이 낮에는 아름다운 외모에 남편처럼 불같은 성격을 지니고, 밤에는 개구리의 외모에 따뜻한 내면을 갖고 있다는 사실을 받아들일 수 있었습니다.

그 아이의 이름은 '헬가'로 지었습니다. 헬가는 낮에는 정말 아름답지만 포악한 성격을 갖고 있었습니다. 어느 날, 바이킹들은 기독교 사제를 잡아옵니다. 해가 떴을 때 사악한 성격의 헬가는 그를 신을 위한 제물로 바치자고 이야기합니다. 밤이 되고 개구리의 모습으로 돌아가자, 헬가의 어머니는 그녀를 앉혀 두고 사랑에 대해서 이야기합니다. 헬가는 눈물을 흘리며 사제를 풀어 주고 사제와 함께 말을 타고 황무지를 가로질러 갔습니다. 그리고 해가 뜨자, 개구리의 모습으로 사람을 구원해 준 헬가는 다시 포악한 소녀로 돌아옵니다. 사제가 성스러운 힘으로 그녀를 회개시키려 했지만, 그 역시 믿음이 있는 사람에게만 가능한 일이었지요. 그래도 그녀를 진정시키는 데 성공한 사제는 헬가를 데리고 그녀를 정화하기 위해 기독교 마을로 출발합니다.

sentence 251

The love of a mother is greater and more powerful than I ever imagined. But love never entered thy heart; it is cold and clammy, like the plants on the moor.

어머니의 사랑은 내가 생각한 그 어떤 것보다 위대하고 강하다고 생각했어. 하지만 사랑은 네 마음에 들어가지도 못했구나. 여전히 춥고 척박해 보여. 황무지의 식물들처럼 말이야.

"A bitter time will come for thee at last." continued the Viking's wife; "and it will be terrible for me too. It had been better for thee if thou hadst been left on the high-road, with the cold night wind to lull thee to sleep."

"결국 너에게 쓰라린 시간이 올 거야."라고 바이킹의 아내가 말했습니다. "그건 나에게도 끔찍하겠지. 차가운 밤바람과 함께 길에 방치되어서 잠을 청해야 하는 상황이 나았을지도 몰라."

But the water of faith has no power unless the well-spring of faith flows within.

그러나 믿음의 샘이 그 안에 흐르지 않으면 믿음의 물은 힘이 없습니다.

One of the robbers raised his axe against him; but the young priest sprang on one side, and avoided the blow, which fell with great force on the horse's neck, so that the blood gushed forth, and the animal sunk to the ground.

강도들 가운데에 한 사람이 도끼를 들고 젊은 사제에게 달려들었습니다. 사제는 한쪽으로 몸을 숙여 도끼를 피했지만, 그 도끼는 그대로 말의 목에 박히며 피가 쏟아져 나왔고, 그 불쌍한 짐승은 땅에 쓰러져 버렸습니다.

sentence 255

She looked at them with eyes that seemed to weep, and from the frog's head came forth a croaking sound, as when a child bursts into tears. She threw herself first upon one, and then upon the other; brought water in her hand, which, from being webbed, was large and hollow, and poured it over them; but they were dead, and dead they would remain.

그녀는 우는 듯한 눈으로 그들을 바라보았고, 개구리의 머리에서는 아이가 울음을 터뜨릴 때처럼 삐걱거리는 소리가 났습니다. 그녀는 먼저 한 사람에게 몸을 던졌고, 다시 다른 한 사람에게 몸을 던졌습니다. 그녀의 손에는 물이 들어 있었고, 그 물을 그들 위에 쏟아부었습니다. 그러나 그들은 이미 죽었고, 그들이 죽은 채로 남아있다는 사실은 변하지 않을 것이었습니다.

Butterflies fluttered around her, and close by were several ant-hills, each with its hundreds of busy little creatures moving quickly to and fro. In the air, danced myriads of gnats, swarm upon swarm, troops of buzzing flies, ladybirds, dragon-flies with golden wings, and other little winged creatures.

그녀 주위에는 나비들이 날아다녔고, 옆에는 몇 개의 개미집이 있었으며, 각각의 개미집에서는 몇백 마리의 바쁜 작은 생명체들이 빠르게 왔다 갔다 했습니다. 공중에는 무수히 많은 귀뚜라미들, 윙윙거리는 파리들, 무당벌레들, 황금 날개를 가진 잠자리들, 그리고 작은 날개 달린 생명체들이 춤을 추었습니다.

하지만 우거진 숲을 지나던 도중, 사제와 헬가 무리는 강도를 만나게 됩니다. 아름다운 헬가를 본 강도들은 사제 무리가 헬가를 납치해 포로로 잡았다고 생각했습니다. 헬가가 들고 온 칼 외에는 무기가 없던 사제는 말에서 떨어져 강도들에게 잔인하게 난도질당해 죽고 맙니다. 헬가가 타고 온 말 역시 그 자리에서 죽게 됩니다. 강도들이 헬가를 납치하려는 순간, 해가 지고 그녀가 개구리로 변하자 당황한 강도들은 도망치고 헬가는 시신 두 구와 함께 길에 남겨집니다.

헬가는 개구리가 된 채로 물을 끌어와 그들의 몸에 뿌려 줍니다. 하지만 개구리의 몸으로는 한계가 있었습니다. 그녀는 그들의 시신이 곧 야생동물에게 갈기갈기 찢길 것을 알고 있었습니다. 그래서 나뭇가지들을 끌어와 작은 무덤을 만들어 줍니다. 손이 피투성이가 되고 아침 해가 뜰 때까지 그 행동을 반복한 헬가는, 아침 해가 뜨고 나서도 비로소 사랑스러운 소녀가 되어 있었습니다.

헬가는 더 이상 포악한 소녀가 아닌 채로 나무 위에 고요하게 앉아서 낮을 보냈습니다. 밤이 되고 해가 지자 개구리는 죽은 사제가 있는 무덤 앞의 샘물에 앞발을 담갔습니다. 하지만 손 사이를 이어주던 물갈퀴가 점점 사라지고, 그녀는 다시 사람의 모습으로 돌아왔습니다. 온전히 사람의 모습으로 돌아온 그녀는 사제와 말의 무덤에 다시 기도를 올리고, 지난날 자신의 악행을 회개합니다.

sentence 257

On the raised mound which she had made as a grave for the dead priest, she found the cross made of the branches of a tree, the last work of him who now lay dead and cold beneath it.

죽은 제사장의 무덤으로 만든 융단 위에서, 그녀는 나뭇가지로 만든 십자가를 발견했습니다. 그 십자가는 지금 그 아래에 죽어 차갑게 누워 있는 그의 마지막 작품입니다.

Each pleasing recollection, each kind word, every tear from the heart which her foster-mother had wept for her, rose in her mind, and at that moment she felt as if she loved this mother the best.

그녀의 마음속에는 감동적인 추억들, 친절한 말들, 그리고 자신을 위해 양어머니가 흘린 모든 눈물이 떠올랐고, 그 순간 그녀는 자신의 어머니를 가장 사랑하는 것처럼 느꼈습니다.

She thought of Helga in the form of a swan. She thought of a Christian priest, and suddenly a wonderful joy arose in her heart.

그녀는 백조의 모습을 한 헬가를 생각했습니다. 그녀는 기독교 사제를 생각했고, 갑자기 그녀의 마음에 놀라움과 기쁨이 떠올랐습니다.

여러 여정을 겪고, 헬가는 죽은 줄 알았던 친어머니(이집트 공주)를 만나 황새 가족의 도움을 받아서 나일강 건너로 돌아가기로 합니다. 하지만 그전에 양어머니에게 인사하고자 바이킹의 성으로 돌아가게 됩니다. 백조의 모습을 한 헬가를 바라본 바이킹의 아내는 바로 그것이 헬가임을 알아봅니다. 헬가에게 무슨 일이 일어났는지는 알 수 없었지만, 좋은 징조라고 생각하고 그녀는 헬가와 눈인사를 나눕니다. 헬가와 이집트의 공주는 치유의 꽃을 들고 이집트로 돌아갑니다. 그리고 이들의 이야기는 후대까지 전해지게 됩니다.

여러 버전으로 각색된 〈마쉬왕의 딸〉이라는 안데르센의 동화는 특이한 주인공 '헬가'를 중심으로 흘러가는 이야기입니다. 헬가는 아름답지만 포악한 사람이거나, 못생겼지만 아름다운 마음을 가진 개구리의 삶을 사는 중의적인 존재입니다. 인간의 모든 면을 포괄하고 있는 사람입니다. 그리고 비로소 자신을 구제해 준 사람의 죽음 앞에서야 슬픔이라는 감정을 느끼고 그제서야 신의 은혜를 입을 수 있게 됩니다. 그 은혜를 입기까지의 대가는 컸지만, 결국 그녀는 새로운 사람이 되고 가족을 만나 돌아갈 수 있게 됩니다.

안데르센의 작품들에는 캐릭터의 자아 탐색과 성장에 대한 주제가 빈번하게 드러납니다. 특히 안데르센 자신의 자아에 대한 고뇌와 성장 과정은 〈마쉬왕의 딸〉에서 '헬가'라는 캐릭터에 잘 반영되고 있는 것처럼 보입니다.

이야기에는 잔인하고 사악한 부분이 많이 등장합니다. 이집트의 공주가 습지의 제왕에게 납치당해 아이를 낳게 되는 것, 그렇게 태어난 아이는 천사와 악마 사이의 경계인 것, 비로소 성스러운 힘의 구원 덕에 온전한 사람이 될 수 있게 되었는데 자신을 구원해 준 사람의 죽음을 목격하는 헬가까지, 인간이 겪을 수 있는 잔인한 시련을 제시합니다.

그럼에도 불구하고 이들이 원래 살던 곳으로 돌아갈 수 있게 된 것은 인간이 그러한 시련을 겪고 나서도 강인하게 살아내는 모습을 연상시킵니다. 황새 가족이 헬가의 일대기를 지켜보는 시점으로 그려진 이 이색적인 동화는, 우리의 삶을 관찰자의 시점으로 한 발 떨어져서 다시 볼 수 있는 기회를 주고 있는 듯합니다.

해당 문장은 이 작품의 주제입니다. 영어나 한국어 표현을 보고 자기만의 방식으로 의역하거나 그대로 필사해 보면서 안데르센의 문장을 사유해 보세요.

sentence 260

Every good deed that had been done for her, every loving word that had been said, were vividly before her mind. She understood now that love had kept her here during the day of her trial; while the creature formed of dust and clay, soul and spirit, had wrestled and struggled with evil.

그녀를 위해 행해진 모든 선행과 사랑의 말들이 그녀의 마음에 생생하게 다가왔습니다. 이제 그녀는 사랑이 자신을 재판하는 동안 이곳에 머물게 했다는 것을 알게 되었고, 흙과 흙, 영혼과 영혼으로 이루어진 피조물이 악과 싸우고 또 싸웠다는 것을 알게 되었습니다.

....

....

....

....

....

....

다르고 못생겼다는 이유로

The Ugly Duckling_미운 오리 새끼

　엄마 오리는 호숫가에서 알들을 품고 있었습니다. 지루한 시간이 지나고 마침내 알을 깨고 아기 오리들이 나왔습니다. 그런데 가장 큰 알 하나가 오랫동안 부화하지 않았습니다. 얼마간 알을 더 품자, 마지막으로 아기 오리 한 마리가 깨고 나왔습니다. 그런데 가장 마지막에 나온 오리는 다른 아기 오리들과는 다르게 못생긴 생김새에 덩치도 컸습니다. 이 모습을 본 나이든 오리는 칠면조는 물을 무서워한다고 알려 주며 혹시 칠면조 새끼가 아닌지 살펴보라고 조언합니다. 그러나 아기 오리는 다른 아기 오리들처럼 헤엄을 잘 쳤고, 엄마 오리는 안심합니다.

　비록 아기 오리는 칠면조 새끼가 아니었지만, 크고 못생겼기 때문에 다른 오리와 동물들에게 괴롭힘을 당했습니다. 닭들은 아기 오리를 쪼아댔고 나이든 오리는 아기 오리의 목을 꽉 물어 버렸습니다. 이 모습을 본 다른 아기 오리 형제들과 엄마는 차라리 아기 오리가 고양이에게 물려갔으면 좋겠다고 말합니다. 계속해서 괴롭힘을 당하던 아기 오리는 어느 날 멀리 달아나기로 합니다.

sentence 261

He was still mocked and ridiculed by ducks and hens, as well as by people passing by.

그는 여전히 오리와 닭, 그리고 지나가는 사람들에게 조롱과 비웃음을 샀어요.

sentence 262

It was so big, so clumsy-looking, and it bobbed its head up and down, looking around in a rather foolish way.

그것은 크고 미련퉁이 같았으며 바보처럼 돌아다니면서 위아래로 머리를 움직였죠.

sentence 263

Look, here comes another one! We don't need any more ugly ducklings around here.

봐, 또 다른 미운 오리 새끼가 오네! 우리는 꼴 보기 싫은 미운 오리 새끼는 더 이상 필요 없어.

sentence 264

The poor duckling didn't know where he was going; he was so miserable that he didn't care what happened to him.

불쌍한 아기 오리는 어디로 가는지도 몰랐고, 너무나 비참해서 자신에게 무슨 일이 일어나든 상관하지 않았어요.

sentence 265

But then he looked at the other ducks swimming so gracefully and quacking so contentedly, and he felt very unhappy.

하지만 그는 다른 오리들이 우아하게 수영하면서 만족스럽게 꽥꽥거리는 것을 보고 매우 불행해졌답니다.

아기 오리는 달리고 또 달려 커다란 늪지에 도착합니다. 그러고는 지쳐서 밤새도록 누워 있었습니다. 늪지에 살고 있던 야생 오리들은 아기 오리가 못생겼다며 놀렸고, 어린 기러기들도 아기 오리의 생김새를 놀리긴 했지만 그들은 아기 오리에게 호의적이었습니다. 그러나 그 기러기들은 사냥꾼의 총에 맞아 죽어 버립니다. 사냥이 계속되는 늪지에서, 사냥개는 아기 오리를 보고 모른 척 지나갑니다. 자신이 못생겨서 사냥개도 물지 않는다고 생각한 아기 오리는 늪지를 벗어납니다.

한참을 달린 아기 오리는 한 오두막에 도착합니다. 그곳에는 고양이와 닭을 키우는 할머니가 살고 있었는데, 아기 오리가 알을 낳기를 기대하며 아기 오리를 기릅니다. 그러나 할머니의 기대와는 달리 수컷이었던 아기 오리는 알을 낳지 못했습니다. 고양이와 닭에게 공격당하던 아기 오리는 그 집에서도 도망칩니다.

어느덧 여름이 지나가고 가을이 찾아옵니다. 가을의 호수에서 아기 오리는 우연히 아름다운 백조 무리를 발견합니다. 백조들의 화려함에 매혹된 아기 오리는 아름다운 새들을 보고 사랑에 빠집니다. 그 사이, 날은 추워져 연못이 꽁꽁 얼게 됩니다. 추운 날씨 속에서 아기 오리를 발견한 한 농부는 아기 오리를 자신의 집으로 데려갑니다. 아기 오리는 그곳에서 농부의 아이들을 피해 마구 뛰어다닙니다. 아기 오리가 우유 통에 빠지고 밀가루 통에 뛰어들며 아이들에게서 도망치자 농부의 아내는 소리를 지르고, 아기 오리는 다시 수풀 속으로 도망칩니다.

sentence 266

"What an absurd idea." said the hen. "You have nothing else

to do, therefore you have foolish fancies. If you could purr or lay eggs, they would pass away."

암탉이 말했습니다. "정말 터무니없는 생각이구나. 그래서 네가 쓸모가 없다는 거야. 네가 어리석은 환상을 갖고 있는 거지. 만일 네가 알을 낳을 수 있다면, 그들은 너를 아꼈을 텐데."

"I believe I must go out into the world again." said the duckling.

"나는 세상으로 돌아가야 하는 존재라고 생각해."라고 아기 오리가 말했습니다.

It was autumn now, and the leaves in the woods were turning yellow and brown and falling to the ground.

가을이 왔고, 숲의 나뭇잎들은 노란색과 갈색으로 물들어 땅에 떨어지고 있었어요.

It's quite something to travel when you don't know your destination.

목적지를 모른 채 여행하는 것은 꽤나 재미있는 경험이랍니다.

sentence 270

The clouds, heavy with hail and snow-flakes, hung low in the sky, and the raven stood on the ferns crying, "Croak, croak."

구름이 가득한 하늘에서는 우박과 눈이 내리고, 까마귀가 울 렁거리는 소리를 내며 울고 있었습니다.

아기 오리는 혹독한 겨울을 홀로 견뎌야 했습니다. 그때의 고난은 너무 가혹해서 차마 설명할 수 없을 정도였습니다. 그 렇게 겨울을 버텨내자 따뜻한 봄이 되었습니다. 다행히 아기 오리는 갈대밭에서 목숨을 부지하고 있었습니다. 겨울을 견디 며 자란 아기 오리는 힘이 세져 꽃이 활짝 핀 정원으로 금세 날 아갈 수 있었습니다. 그곳에서 하얀 백조를 발견한 아기 오리 는 그들의 아름다운 모습에 알 수 없는 슬픔을 느꼈습니다.

아기 오리는 죽는다면 아름다운 백조들에게 쪼여 죽고 싶었 습니다. 아기 오리는 백조들에게 다가가 물 위로 고개를 숙인 채, 백조들이 자신을 쪼아대어 죽음을 맞이하길 기다렸습니다.

그런데 물속에 비친 자신의 모습은 못생긴 잿빛 오리가 아닌 아름다운 백조 한 마리였습니다. 사실 아기 오리는 백조의 새끼였던 것입니다. 무수한 고난을 겪어온 미운 오리 새끼, 즉 어린 백조는 무척 기뻤습니다. 커다란 백조들은 어린 백조에게 다가와 그를 쓰다듬어 주었습니다.

sentence 271

And when winter set in, the lake froze solidly, and the poor duckling had to endure yet more hardship.

겨울이 찾아오자 호수는 얼어붙었고, 불쌍한 아기 오리는 더욱 힘든 시련을 견뎌내야 했어요.

sentence 272

The poor little duckling didn't know where to turn, and he was so miserable that he thought he would die.

미운 오리 새끼는 어디로 가야 할지 몰랐고, 너무 비참해서 죽을 것 같았어요.

sentence 273

The water was so cold that the poor little creature felt as

though it were going to die.

미운 오리 새끼는 물이 너무 차갑게 느껴져서 죽을 것 같았답니다.

sentence 274

At last, after a long, hard winter, the sun shone again, the birds sang, and the trees began to bud and sprout.

긴 겨울이 지난 후에, 마침내 태양이 다시 비추고, 새들이 노래하며, 나무에 싹이 트기 시작했어요.

sentence 275

It was so large, so wondrously beautiful, that the little duckling, who had never seen anything like it before, stood rooted to the spot with admiration.

그것(백조들)은 너무나 크고 아름다웠어요. 아직 이런 걸 본 적이 없었던 미운 오리 새끼는 놀라움에 멈춰 섰답니다.

sentence 276

"Kill me," said the poor bird; and he bent his head down to the surface of the water, and awaited death.

"날 죽여 줘." 불쌍한 미운 오리 새끼가 말했습니다. 그리고 그는 물의 표면으로 얼굴을 굽힌 채, 죽음이 다가오기를 기다렸습니다.

sentence 277

Then the young bird felt that his wings were strong, as he flapped them against his sides, and rose high into the air.

그러자 어린 새는 날개를 옆구리에 대고 펄럭거리면서 날개가 튼튼하다는 것을 느끼고 공중으로 높이 떠올랐습니다.

sentence 278

The duckling had been persecuted and scorned at by the whole world, and now he heard them say he was the most beautiful of all the birds.

아기 오리는 온 세상에서 박해당하고 멸시를 받았지만, 이제는 그가 모든 새 중에서 가장 아름답다고 말하는 것을 들었답니다.

sentence 279

I never dreamed of such happiness when I was an ugly duckling.

나는 미운 오리 새끼였을 때는 이런 행복을 꿈꿀 수 없었어.

〈미운 오리 새끼〉는 외모 콤플렉스에 시달리던 안데르센 본인을 투영한 작품입니다. 그는 어린 시절부터 외모로 놀림을 많이 받았습니다. 안데르센의 키는 185cm로, 당시에는 흔치 않은 큰 키였습니다. 그는 또래보다 커다란 자신의 키를 미운 오리 새끼의 커다란 몸집에 투영했습니다. 게다가 정규 교육을 제때 받지 못해 뒤늦게 들어간 라틴어 학교에선 자신의 작품들을 무시하며 악평을 내뱉는 교장 때문에 트라우마가 생기고 말았습니다.

이러한 어린 시절의 기억을 토대로 안데르센은 〈미운 오리 새끼〉를 집필하기 시작했습니다. 그는 어렸을 때부터 자신의 신분과 주변 환경에서 벗어나 더 높은 자리로 올라가려는 욕구가 상당했습니다. 작품의 클라이맥스이자 인기 요소인 오리가 백조로 변신한다는 설정 역시 이러한 안데르센의 욕구를 반영하고 있습니다. 그의 숨겨진 욕망이 담긴 동화는 아이들에게 교훈을 주는 이야기라고 널리 알려져 왔습니다.

하지만 현대에는 조금 다른 평가를 받고 있습니다. 결국 외모가 뛰어나서 보상받은 외모지상주의 기반의 메시지라는 것입니다. 또 미운 오리 새끼가 사실은 백조였다는 사실이 결국 주어진 운명을 바꾸지는 못했다는 비관론적인 해석이 되기도 합니다. 미운 오리 새끼의 인생이 달라진 것은 노력이 아닌 혈통 덕분이라며 비판하는 독자들도 존재합니다.

그러나 고난과 아픔만 이어질 것 같던 혹독한 인생에도 언젠가는 봄이 찾아온다는 희망만큼은 여전히 〈미운 오리 새끼〉의 결말 속에 담겨 있습니다. 다시 이 작품을 읽은 여러분은 아기 오리에게서 무엇을 느끼셨나요? 어린 시절 읽었던 동화의 교훈이 또 다른 방식으로 느껴질 수도 있을 것입니다.

해당 문장은 이 작품의 주제입니다. 영어나 한국어 표현을 보고 자기만의 방식
으로 의역하거나 그대로 필사해 보면서 안데르센의 문장을 사유해 보세요.

sentence 280

Everything has its beauty, but not everyone sees it. The difference in appearance doesn't matter, as long as you have a good heart.

모든 것은 아름다움을 지니고 있지만, 모두가 그것을 보지는 못하죠. 외모의 차이는 중요하지 않으며, 훌륭한 마음만 있다면 그것으로 충분해요.

뒷면에 숨겨진
충격적인 시대상

The Little Match Girl_성냥팔이 소녀

한 해의 마지막 날인 12월 31일 밤, 몹시 춥고 캄캄했으며 눈이 내리고 있었습니다. 그 어둠 속에서 작은 소녀가 성냥을 팔고 있었습니다. 소녀는 맨발에 얇은 옷차림으로 덜덜 떨며 비틀거리고 있었습니다. 이러다가는 얼어 죽을지도 모른다는 생각이 들었지만, 살벌한 눈보라에도 그녀는 집에 돌아갈 수 없었습니다. 성냥을 아직 다 팔지 못했기 때문입니다. 그러나 사람들은 소녀를 그냥 지나쳐갔고 아무도 성냥을 사주지 않았습니다.

성냥을 다 팔지 못하고 돌아간다면 아버지에게 매를 맞을 것이 분명했습니다. 또 허술한 지붕과 갈라진 벽뿐인 소녀의 집은 추위를 막아주지도 못했습니다. 불쌍한 소녀가 "성냥 사세요."라고 계속해서 소리쳤지만 거리를 오가는 사람들은 소녀를 외면하고는 빠르게 지나쳤습니다. 그들은 각자 다가올 새해를 준비하느라 분주해 보였습니다.

It was terribly cold and nearly dark on the last evening of the old year, and the snow was falling fast. In the cold and the darkness, a poor little girl, with bare head and naked feet, roamed through the streets.

지난해 마지막 날 밤은 너무 추웠고 캄캄했으며 눈이 세차게 내리고 있었어요. 그 추위와 어둠 속에서 가난한 한 작은 소녀가 맨발에 모자도 쓰지 않은 채로 거리를 배회하고 있었죠.

She crept along after them under the snow, without shoes or stockings. The little girl stretched out her feet to warm them too; but the small flame went out, the stove vanished.

소녀는 눈 속에서 신발도 양말도 없이 그들의 뒤를 쫓아갔어요. 소녀는 발을 따뜻하게 하려고 했지만, 작은 불꽃은 꺼지며 발을 데울 난로도 사라져 버렸습니다.

She sank down on the cold steps; she was afraid to go home, for she had sold no matches, and could not bring a farthing of money: from her father she would certainly get blows, and at home it was cold too.

소녀는 차디찬 계단에 주저앉았습니다. 돌아가면 분명히 매를 맞을 것이고, 집 안도 추운 건 마찬가지였어요.

She crept along trembling with cold and hunger—a very picture of sorrow, the poor little girl! The snowflakes fell on her long fair hair, which hung in curls on her shoulders, but she regarded them not.

소녀는 추위와 굶주림에 떨며 기어다녔어요. 정말 불쌍한 소녀였죠. 긴 금발 위에는 눈송이가 쌓였지만, 소녀는 그것을 신경 쓰지 않았어요.

She sat down and huddled herself for warmth. She lit a match and the little flame flickered and danced before her. It gave off a warm, comforting light and she could feel the heat on her skin.

소녀는 구석에 몸을 웅크리고 앉아 따뜻함을 찾고 있었습니다. 소녀는 성냥에 불을 붙였고 작은 불꽃이 반짝이며 그녀 앞에서 춤을 추었습니다. 그것은 따뜻하고 편안한 빛을 주었고, 소녀는 피부 위로 열기를 느낄 수 있었습니다.

아직 성냥을 다 팔지 못했는데 야속하게도 밤은 깊어져만 갔습니다. 지나가는 사람도 없는 깜깜한 밤, 창문마다 밝은 불이 켜졌습니다. 갈 곳 없는 소녀는 어느 집 앞에 다가가 앉았습니다. 창문 속 따뜻한 집 안에서는 한 가족이 맛있는 음식을 먹으며 행복해하고 있었습니다. 창문의 틈으로 새해를 위한 거위 고기 냄새가 흘러나왔습니다. 그곳에 있는 아이들의 천진난만하고 행복한 모습은 소녀의 비참한 처지와는 더욱 비교가 되었습니다.

그 모습을 본 소녀는 성냥을 꺼내 불을 붙였습니다. 그러자 성냥의 불길이 타오르며 따뜻한 난로, 맛있는 거위 고기, 화려한 크리스마스트리의 환상이 나타났습니다. 하지만 그것은 잠시뿐이었습니다. 곧이어 불길이 사라지자 환상은 동시에 사라지고 말았습니다. 그리고 컴컴한 하늘만이 눈앞에 가득했습니다. 소녀는 하늘에서 별똥별이 하나 떨어지는 것을 보았습니다. 소녀는 돌아가신 할머니가 별똥별이 떨어지는 것은 사람의 영혼이 하늘로 올라가는 것이라고 말해 주었던 것이 생각났습니다.

She rubbed another against the wall: it burned brightly, and where the light fell on the wall, there the wall became transparent like a veil, so that she could see into the room. She could see straight through the walls to the people inside, who were all so happy and busy.

소녀는 또 다른 성냥을 벽에 비벼 불을 붙였어요. 성냥은 밝게 타올랐으며, 벽에 빛을 비추면 장막처럼 투명해져서 방 안을 볼 수 있었죠. 소녀는 벽을 통해서 방 안에 있는 사람들을 직접 볼 수 있었는데, 그들은 모두 행복한 얼굴로 바쁘게 움직이고 있었어요.

The table was covered with a snowy white tablecloth, on which stood a splendid dinner service, and a steaming roast goose, stuffed with apples and dried plums. And what was still more wonderful, the goose jumped down from the dish and waddled across the floor, with a knife and fork in its breast, to the little girl. Then the match went out, and there was only the thick, damp, cold wall before her.

테이블에는 눈처럼 하얀 식탁보가 덮여 있었고, 그 위에는 사과와 말린 자두로 채운 푸짐한 거위 고기가 있었어요. 더 놀라운 일은, 거위구이가 접시에서 내려와 칼과 포크가 꽂힌 채로 바닥을 걸어 다니는 것이었죠. 그러나 성냥이 꺼지면, 소녀의 앞에는 축축하고 차가운 벽만 남아 있었어요.

sentence 288

She lit another match: it was burning brightly, and in the light there stood the Christmas tree. It was a splendid sight. And the matches gave such a brilliant light that it was brighter than in the middle of the day.

소녀는 또 다른 성냥을 켰어요. 성냥은 밝게 타올랐고, 빛 속에 크리스마스트리가 서 있었죠. 그것은 환상적인 광경이었습니다. 성냥들이 타오르며 밝힌 빛은 대낮보다도 훨씬 밝았답니다.

sentence 289

The little girl's heart beat with longing to look closer at them all, but she dared not move one match, for fear of wasting it.

작은 소녀는 그들을 더 자세히 바라보고 싶었지만, 성냥을 낭비하는 게 두려워서 단 한 번도 움직이지 않았답니다.

There was a bright, warm place somewhere, with plenty of light, and her mother, and she was going to that place. But first, she needed to light a match, just one more match, to keep her warm a little longer.

밝은 빛과 따뜻함이 쏟아지는 세상, 그 반짝이는 세상에는 어머니도 있었습니다. 소녀는 그곳으로 가려고 했어요. 하지만 그전에, 따뜻한 기운을 조금이라도 더 느끼기 위해 성냥 한 개를 더 피워야 했죠.

어머니를 떠올리던 소녀는 다시 한번 성냥을 꺼내 불을 붙였습니다. 이번에는 타오르는 불길 속에서 생전에 소녀를 아끼고 사랑해 주었던 할머니가 나타났습니다. 불이 꺼지면 할머니가 사라질까 두려웠던 소녀는 갖고 있던 성냥을 모두 꺼내 불을 붙였습니다. 성냥에서는 커다란 불꽃이 활활 타올랐습니다. 이제 할머니의 모습은 눈부시게 밝은 빛에 휩싸였습니다.

소녀는 더 이상 추위를 느끼지 않았습니다. 할머니는 소녀를 부드럽게 끌어안고 하늘로 높이 올라갔습니다. 소녀는 마침내 천국에서 할머니와 함께 지낼 수 있게 되었습니다. 하늘의 빛나는 별들이 그들을 비추며 축복했습니다. 새해 첫날 아침, 소녀는 성냥을 안고 행복한 미소를 머금고 죽은 채 발견되었습니다. 이 모습을 본 사람들은 성냥을 사지 않은 것을 후회하며 소녀를 위해 기도했습니다. 소녀가 빛 속에서 본 아름다운 환상과 할머니와 함께 새해를 맞이했다는 사실은 아무도 알지 못했습니다.

sentence 291

The little girl was no longer cold. She smiled with happiness and waited for her mother and grandmother to return, using the matches they had given her until they were all gone.

그 작은 소녀는 더 이상 추위를 느끼지 않았어요. 행복하게 미소 짓던 소녀는 어머니와 할머니가 돌아오길 기다리며 성냥이 다 떨어질 때까지 성냥에 불을 붙였습니다.

sentence 292

She rubbed the whole bundle of matches quickly against the wall, for she wanted to be quite sure of keeping her grandmother near her. it was again light, and in the lustre there stood the old grandmother, so bright and radiant, so mild, and with such an expression of love. The light from the matches gave her grandmother a rosy hue.

소녀는 할머니와 함께 있기 위해 빠르게 성냥 다발 전체를 벽에 비벼 불을 붙였어요. 성냥에 다시 불이 붙자, 그 빛 속에서 눈부신 모습의 할머니가 부드럽고 인자한 표정으로 서 있었습니다. 성냥불에서 나는 빛이 할머니를 장미빛으로 비추는 것 같았죠.

sentence 293

The stars were shining; and the moon was shining clearer and brighter than she had ever seen it before; and the lights of all the houses were put out, so that it was very solitary for her as she sat there, leaning against the wall.

별들은 반짝이고, 달은 소녀가 이전에 본 것보다 더 밝고 선명하게 빛나고 있었어요. 집들의 불빛이 모두 꺼진 완전한 어둠 속에서 그녀는 벽에 기대어 앉아 있었죠.

sentence 294

And the girl looked up into the wide, wide heaven. She starred at a bright, particular star which twinkled there, and seemed to her quite unlike all the other stars, and she remembered the Grandmother's saying, that when a star falls, a soul ascends to God.

소녀는 넓은 하늘을 올려다보았어요. 그곳에 반짝이는 특별한 별을 바라보다가 그 별이 다른 별들과는 매우 다르다는 생각을 했죠. 그러고는 할머니가 했던 말을 떠올리며, 별이 떨어지면 신께 올라가는 영혼이 있을 거라고 여겼습니다.

sentence 295

In the corner, at the cold hour of dawn, sat the poor girl, with rosy cheeks and with a smiling mouth, leaning against the wall to die.

그림자 진 새벽, 마을 구석에서는 벽에 기댄 채 창백한 얼굴에 미소를 지으며 죽음을 맞이하려는 불쌍한 소녀가 앉아 있었어요.

sentence 296

She felt herself lifted up gently and softly, and she flew upwards in the brightness and the joy, far above the earth, where there was neither cold nor hunger nor pain, for she was with God.

소녀는 부드럽고 가볍게 들어 올려졌어요. 그러고는 눈부시고 행복한 곳으로 날아올랐죠. 이제 소녀는 지상에서 추위나 굶주림, 아픔에 시달리지 않고 하늘 높은 곳에서 신과 함께 하게 되었습니다.

But she was no longer cold, for her loving grandmother had taken her up in her arms, and the warmth of the heavenly stars shone upon them as they ascended together to the glorious home of God.

하지만 소녀는 더 이상 추위를 느끼지 않았어요. 인자한 할머니는 그녀를 안아 들었습니다. 그러자 하늘의 빛나는 별들이 그들을 비추고, 할머니는 소녀를 데리고 신의 영광스러운 고향으로 올라갔답니다.

The girl tried to get up again, but she had no more strength. So, she lay down and gave up, rising through the clouds. There, she met her mother and grandmother who had passed away before.

소녀는 다시 몸을 일으켜 세우려 했으나 이젠 아무런 힘이 없었어요. 그래서 구름 사이로 올라가며 마음을 놓았죠. 그렇게 구름 사이에 살던 어머니와 할머니를 만났고요.

The next morning she was found dead in the corner where she

had been crouching, and she had the matches clutched in her hand. She had died of cold, though her face was still quite calm and even smiling.

다음 날 아침, 소녀는 구석에서 웅크려 죽은 채로 발견되었어요. 손에는 성냥이 쥐어져 있었지요. 소녀는 추위 때문에 죽었음에도 얼굴은 여전히 평온했고, 심지어 미소를 띠고 있었답니다.

이 작품은 안데르센의 대표작 중 하나로 우리에게 굉장히 친숙합니다. 하지만 〈성냥팔이 소녀〉는 단지 불쌍한 소녀의 슬픈 이야기라는 주제 이상의 의미가 숨겨져 있습니다. 작품을 집필할 때는 산업혁명 시기로 물질만능주의가 팽배했습니다. 이때 자본가들은 싼값에 어린이를 고용하여 성냥 공장에서 노동을 시켰습니다. 당시에는 성냥을 백린으로 만들었습니다.

백린은 유독성인 하얀색 물질이며, 공기 중에서 자연발화되는 특성이 있어서 무기에 사용됩니다. 발화되면서 발생하는 연기를 들이마시면 턱이 녹아내리고 죽게 되는 맹독입니다. 이러한 사실을 알면서도 성냥 공장들은 몸값이 싼 어린 소녀들을 노동자로 이용하다가, 병이 들면 성냥 한 보따리를 주고 내쫓았습니다. 오직 성냥을 팔아 생계를 이어가야 하는 소녀들이

거리로 나오기 시작했고 안데르센은 이런 사회의 추악한 모습을 동화에 담았습니다.

작품 속, 소녀가 성냥을 켤 때면 따뜻하고 맛있는 요리와 아름다운 크리스마스트리가 나타납니다. 이것을 소녀가 죽어가며 보게 된 환각 증세로 해석하는 이들도 있습니다. 할머니를 보기 위해 성냥을 모두 꺼내 불을 붙였을 때는, 당연히 엄청난 양의 백린 연기가 뿜어져 나왔을 것입니다. 소녀를 죽음으로 내몬 것은 단순히 가난과 추위가 아니라 사회와 어른들의 욕심일지도 모릅니다.

따뜻한 성냥불 이면에 숨겨진 내막은 상당히 충격적입니다. 어린 시절에는 미처 읽지 못했던 동화의 배경을 성인이 되어 이해했을 때, 우리는 또 다른 시선으로 이야기를 읽고 생각하게 됩니다. 여러분은 이 동화가 어떻게 느껴지나요? 내막을 알고 나니 어릴 적과는 다르게 보일 수도 있을 것 같습니다.

해당 문장은 이 작품의 주제입니다. 영어나 한국어 표현을 보고 자기만의 방식
으로 의역하거나 그대로 필사해 보면서 안데르센의 문장을 사유해 보세요.

sentence 300

No one had the slightest suspicion of what beautiful things she had seen; no one even dreamed of the splendor in which, with her grandmother, she had entered on the joys of a new year.

누구도 소녀가 본 아름다운 것들에 관해 의심하지 않았어요. 또한 소녀가 할머니와 함께 새해의 기쁨을 누리며 얼마나 멋진 세상으로 갔을지 상상하지 못했고요.

....

....

....

....

....

....

날지 못하게 되어
벌어진 일

The Flying Trunk_하늘을 나는 가방

옛날에 부자 아버지에게 많은 재산을 물려받은 청년이 살았습니다. 그 청년은 게을러서 일도 하지 않고 친구들과 노는 데 돈을 다 써 버렸습니다. 그렇게 돈을 모두 탕진한 청년에게는 낡은 슬리퍼와 잠옷만 달랑 남게 되었습니다. 그러자 친구들도 가난해진 청년의 곁을 떠나 버렸습니다.

한 친구가 청년에게 낡고 큰 가방을 선물해 주었습니다. 특별한 힘을 갖고 있는, 평범한 가방이 아니라는 말을 덧붙이면서요. 어차피 그에게는 가방에 넣을 물건이 아무것도 남아 있지 않기 때문에, 청년은 재미 삼아 가방 안에 들어가 보았습니다. 그러고는 가방 문을 닫았습니다.

그런데 갑자기 가방이 두둥실 떠오르더니 하늘을 날기 시작했습니다. 한참을 날던 가방은 낯선 도시에 내려앉았습니다.

청년은 깊은 숲속에 가방을 숨겨 두었습니다. 지나가는 사람들에게 저 높은 성에 누가 살고 있는지 물었습니다. 사람들은 성 꼭대기에 공주가 살고 있다고 알려 주었습니다. 공주는 사랑하는 사람을 만나면 불행해진다는 예언 때문에 아무와도 만날 수 없었습니다.

sentence 301

The young man squandered his money on lavish parties, expensive clothes, and luxurious items. He lived a life of extravagance and indulgence, oblivious to the consequences of his reckless spending. Before he knew it, his pockets were empty, and he found himself destitute and homeless.

청년은 사치스러운 파티와 비싼 옷, 고급스러운 장신구에 돈을 낭비했습니다. 그는 낭비하는 삶의 미래를 예상하지 못했죠. 그걸 깨닫기 전에 그의 주머니는 이미 텅 비었습니다. 그는 결국 가난해져 집조차 잃은 신세가 되었지요.

sentence 302

As his fortune dwindled away, the young man was forced to beg for scraps of food and shelter. He wandered the streets, wearing tattered clothes and feeling the harsh reality of his foolish choices. The once-prosperous youth had become a pitiful beggar, humbled by his own extravagance.

재산을 탕진하게 되면서, 청년은 먹을 것과 잘 곳을 구걸해야 했습니다. 그는 누더기를 입고 거리를 헤매면서 그의 어리석은 선택으로 인한 혹독한 현실을 체감했습니다. 한때 부유했던 청년은 이제 불쌍한 거지가 되어 겸손하게 살 것을 다짐했습니다.

sentence 303

He young man's friend came to him and said, "I know you love to travel and explore new lands. I have a special gift for you." He handed the young man a large and worn-out trunk.

청년의 친구가 다가와 말했어요. "네가 여행과 새로운 땅을 탐험하는 것을 좋아한다는 걸 알아. 내가 특별한 선물을 줄게." 그는 청년에게 크고 낡은 가방을 건네주었어요.

sentence 304

With a mischievous smile, the friend continued, "But beware, this is no ordinary trunk. It has the power to take you to places you've never imagined. It can fly through the sky and carry you to distant lands."

친구는 장난스러운 미소를 지으며 말했어요. "하지만 조심해. 이건 평범한 가방이 아냐. 이 가방은 상상도 못 한 곳으로 널 데려다 줄 수 있는 힘을 갖고 있어. 하늘을 날아 다른 먼 땅으로 데려다 줄 수도 있고."

sentence 305

The young man's heart skipped a beat at the mention of the princess. Intrigued, he asked for more details about the princess and the challenges that awaited those who sought her love.

청년은 '공주'라는 말에 심장이 빠르게 뛰었습니다. 공주와의 사랑을 찾는 데 어떤 고난이 있을지 더 자세히 알고 싶어졌습니다.

그날 밤, 청년은 숲속에 숨겨뒀던 가방을 타고 날아올라 공주의 방으로 들어갔습니다. 깜짝 놀란 공주에게 청년은 자신이 나라를 다스리는 신이라고 말합니다. 청년은 공주에게 재밌는 이야기를 들려주기 시작했습니다. 이야기를 나누던 두 사람은 자연스럽게 사랑에 빠졌고, 청년은 공주에게 청혼했습니다. 공주는 부모님도 이런 재밌는 얘기를 좋아할 것이며, 결혼을 허락하실 게 분명하니 왕과 왕비에게도 재밌는 이야기를 들려달라고 부탁합니다.

며칠 뒤 청년은 왕과 왕비를 찾아가, 그들 앞에서 재밌는 이야기를 시작했습니다. 그의 이야기는 '성냥'이 하는 이야기였습니다. 한 집에 크고 아름다운 소나무로 만들어진 성냥이 있었는데, 과거 부자처럼 지냈던 날들을 늘어놓으며 자랑하기 바빴습니다. 다른 나무는 여름에만 초록색 옷을 입었지만, 과거에 자신은 사계절 내내 초록색 옷만 입었다면서요. 하지만 어느 날 나타난 나무꾼 때문에 지금은 불을 밝히는 임무를 맡아 부엌까지 오게 되었다고 설명하기도 했습니다. 그러자 곁에 있던 쇠 냄비는 자신이 이 부엌에서 가장 오래 머물면서 불에 달궈지고 물에 씻기기를 반복했다고 하소연했습니다.

sentence 306

It was as if they had known each other for a lifetime, despite their contrasting backgrounds. In that moment, the seeds of love were planted.

서로가 일생을 다른 배경에서 살아왔음에도 불구하고, 그 순간 사랑의 씨앗이 심어졌습니다.

sentence 307

The young man told the princess about the countries he had visited, and the strange things he had seen there. He spoke of the big fish that eat people, and of the birds that throw stones like we throw nuts. He told her about the storks in Egypt, who bring beautiful children with them in bundles.

청년은 자신이 방문했던 나라들과 그곳에서 겪고 본 이상한 것들에 대해서 공주에게 이야기해 주었어요. 그는 사람을 먹는 큰 물고기와 우리가 견과류를 던지는 것처럼 돌을 던지는 새들에 관해 이야기했죠. 아름다운 아이들을 묶어서 데리고 오는 이집트의 황새들에 대해서도 말했어요.

sentence 308

He talked about the flowers in the greenhouses of Spain, and about the little boys and girls who could swim on the backs of large turtles. He told her so many interesting things that she laughed and thought, 'How clever he is!'

그는 스페인의 온실에 있는 꽃들에 관해 이야기하고, 큰 거북이 등에 올라타 수영을 할 수 있는 작은 소년들과 소녀들에 대해 말했어요. 그의 이야기가 너무나 흥미로워서 공주는 그가 아주 똑똑한 사람이라고 감탄했어요.

He told her about the high mountains of Switzerland, where the marmots live and make cheese all summer. He told her about the volcanoes in Italy, and about the pretty girls who sing and dance there.

그는 스위스의 높은 산에서 사는 멧돼지들이 여름 동안 치즈를 만든다고 알려 주었어요. 이탈리아의 화산과 거기에서 노래하고 춤추는 예쁜 소녀들에 대해서도 이야기했고요.

The young man told the king and queen about the wonderful things he had seen during his travels. He spoke of the giants who lived in the mountains and could jump from one peak to another. He told them about the talking animals in the enchanted forest and the magical treasures hidden in secret caves.

청년은 왕과 왕비에게 여행에서 본 멋진 일들을 이야기했어요. 산에 살며 산봉우리에서 다른 산봉우리로 뛰어넘을 수 있을 정도로 큰 거인들과 마법의 숲에 사는 말하는 동물들, 그리고 비밀 동굴에 숨겨진 마법의 보물에 관해 이야기했죠.

그러자 도기 냄비는 가장 중요한 역할을 하는 것이 누구인지 가려 보자고 제안합니다. 도기 냄비는 과거 덴마크 집에 머물렀을 때의 이야기를 들려줍니다. 이야기만 들어도 그 집의 여자가 깔끔한 것을 알겠다며 호들갑을 떨던 양동이는 요란한 소리를 내며 넘어지고 말았습니다. 이 모습을 본 숟가락은 이제 이야기는 그만하고 춤이나 추자며 분위기를 바꿨습니다. 그러나 찻주전자는 부엌이 아닌 근사한 식탁에서 노래하고 싶어 했습니다. 제각각 떠들던 그때 집주인이 부엌에 들어와 성냥에 불을 붙였습니다. 주인이 성냥을 찾자 성냥은 역시 자신이 가장 중요하다며 으스댔습니다. 그러나 성냥은 그렇게 쓸모를 다하고 모두 타 없어져 버렸습니다.

　　이렇게 청년의 이야기가 끝나자 왕과 왕비는 손뼉을 치며 재미있어 했습니다. 이야기에 반한 왕은 두 사람의 결혼을 허락했고, 청년은 백성들에게 더 재미있는 것을 보여 주기 위해 가방 안에 폭죽과 성냥을 잔뜩 넣어 밤하늘로 날아올랐습니다. 밤하늘을 아름답게 수놓은 불꽃을 보며 백성들은 청년을 칭송했습니다.

　　하지만 미처 살피지 못한 남아 있던 불씨 때문에 가방이 몽땅 타버렸고, 더 이상 날 수 없게 된 청년은 공주가 있는 성으로 갈 수 없게 되었습니다. 결혼식 전날 날 수 없게 된 청년을 공주는 계속 기다렸습니다. 아마 지금도 기다리고 있지 않을까요?

He entertained them with tales of flying carpets and magic lamps, granting wishes and making dreams come true. He described the enchanted islands where time stood still and the mermaids sang enchanting melodies.

그는 날아다니는 양탄자와 마법의 램프에 관한 이야기로 그들을 즐겁게 했어요. 소원을 이루어 주고 꿈을 실현시키는 마법의 램프에 관한 이야기도 했죠. 또한 시간이 멈춘 마법의 섬과 인어들이 황홀한 노래를 부르는 장면을 묘사했답니다.

The young man's stories fascinated the king and queen, and they laughed and applauded as he recounted his thrilling adventures and encounters with extraordinary creatures. They marveled at the richness and wonders of the world beyond their kingdom.

청년의 이야기는 왕과 왕비를 매료시켰고, 그들은 그가 짜릿한 모험과 특이한 생물들과의 만남을 다시 펼쳐내는 동안 웃으며 박수를 쳤어요. 그들은 자신들의 왕국 넘어의 풍부한 세상과 그 경이로움에 감탄했습니다.

Overjoyed by the king and queen's consent, the young man eagerly began the preparations for the wedding. The castle was adorned with flowers, and the halls were filled with music and laughter. Every detail was carefully attended to, ensuring a grand and memorable celebration of their union.

왕과 왕비가 동의하자 매우 기뻤던 청년은 결혼을 열심히 준비했어요. 성은 꽃으로 장식되었고, 전당은 음악과 웃음으로 가득했답니다. 모든 세부 사항까지 신경 써서 두 사람의 결합을 위한 장대하고 잊지 못할 축하 행사가 될 것임은 틀림없었죠.

The young man sought out the finest tailor to create a splendid wedding attire for himself. The princess, adorned in a breathtaking gown, radiated beauty and elegance. They exchanged heartfelt vows in front of the royal court, declaring their love and commitment to each other in the presence of their loved ones.

청년은 최고의 재단사를 찾아 자신을 위한 화려한 결혼 의상을 제작하도록 했어요. 공주는 숨 막힐듯한 드레스로 아름다움과 우아함을 뽐냈죠. 그들은 왕실 앞에서 진심 어린 맹세를

나누었으며, 그들의 사랑과 헌신을 사랑하는 이들의 앞에서
선언했답니다.

The atmosphere was alive with laughter and cheerful conver-
sations as everyone rejoiced in the union of the young man
and the princess, a union that brought together two different
worlds.

모두가 청년과 공주의 결혼을 기뻐하며 웃음과 즐거운 대화로
분위기를 이끌었어요. 이 결혼은 두 개의 다른 세계를 결합한
연합이라고 모두가 좋아했답니다.

The young man carefully placed the fireworks inside the
trunk, making sure they were securely positioned. He lit the
fuses with a sense of excitement and anticipation, stepping
back to watch as colorful sparks erupted from the trunk, fill-
ing the air with bursts of light and sound.

청년은 폭죽을 가방 안에 조심스럽게 넣어서 확실하게 배치했
어요. 설레는 마음으로 불을 붙이고, 물결치듯 다채로운 불꽃
이 폭죽에서 터져 나와 공중에 빛과 소리가 가득 차는 모습을

지켜보았죠.

sentence 317

With a resounding bang, the fireworks lit up the sky, painting it with vibrant colors. The crackling sounds echoed in the distance as the young man and those around him watched in awe.

청년이 폭죽을 터트리자 큰 소리와 함께 하늘이 화려한 색으로 물들었어요. 삐걱거리는 소리가 멀리서 울렸고, 청년과 주변 사람들은 경외심을 느끼며 그 모습을 지켜보았죠.

sentence 318

The sky was illuminated with a dazzling display of lights, as the fireworks soared high above. Spectators gasped in amazement at the brilliant patterns and cascades of colors that filled the night.

불꽃이 높이 솟아오르면서 하늘은 아름다운 빛의 공연으로 밝아졌어요. 관람객들은 밤을 가득 채운 화려한 무늬와 색상의 폭포를 보고 놀랄 새도 없이 탄성을 질렀죠.

The flames engulfed the trunk, reducing it to a mere pile of ashes. The young man stood in disbelief, his dreams and hopes now turned to ashes as well. It was a heartbreaking scene, symbolizing the loss of a cherished possession and the end of a remarkable journey.

불길이 가방을 집어삼키자 잔해만 남았어요. 청년은 믿을 수 없다는 듯 서 있었고, 그의 꿈과 희망도 이제는 재로 바뀌었죠. 소중한 소유물을 잃음과 동시에 놀라운 여정도 끝이 나는 안타까운 순간이었답니다.

안데르센의 〈하늘은 나는 가방〉은 부자에서 거지가 된 청년이 친구에게 선물 받은 특이한 가방을 통해 모험을 떠나 사랑을 찾는 이야기입니다. 양탄자나 구름이 아닌 가방이 날고, 무예 실력이나 지적 능력이 아닌 재미있는 이야기로 공주와의 결혼을 성사시키는 등 일반적이지 않은 모습이 많아 흥미롭습니다. 또한 독특한 판타지 요소가 들어가 있어서 어른들도 재미있게 읽는 안데르센의 동화 중 하나입니다.

이처럼 동화이지만 어린이들의 시각에 한정된 것이 아니라 자연스럽고 매력적인 스토리텔링을 선보이며 깊은 의미까지 담고 있는 이 작품은 탄생 일화도 이야기처럼 독특합니다. 안데르센은 실존하는 설화에서 영감을 받아서 이 작품을 탄생시켰습니다.

어느 청년이 왕의 딸에게 빛나는 가방을 선물했고, 그 가방으로 다른 세계로 여행하는 이야기를 담은 설화를 안데르센이 본인만의 방식으로 각색해 재창작한 것이지요. 이미 존재하는 내용과 안데르센의 상상력이 더해져 다른 동화들보다 독특한 동화로 탄생하게 되었답니다.

또한 안데르센은 자신의 삶에서 상당한 어려움과 갈등을 겪었습니다. 그의 문학 작품은 종종 개인적인 감정, 외로움, 사랑의 실패 등을 반영하는데, 〈하늘을 나는 가방〉 역시 주인공이 행운을 찾아 헤매는 여정을 통해 내면적인 탐험과 성장을 반영하고 있습니다.

이 작품을 읽고 누군가는 사회적인 계급과 관계를 이야기하고, 또 다른 누군가는 사랑과 용기, 꿈과 현실 사이의 대립을 이야기합니다. 주인공이 특별한 가방으로 일상의 벽을 넘어 세계를 탐험하고 사랑을 찾는 모습은 자아의 성장과 도전에 대한 상징으로 해석되기도 합니다. 생동감 넘치는 문체로 다채로운 주제를 이야기하고 있어서 다양한 감정을 전달해 줄 수 있을 것 같습니다. 동화의 주제는 무엇일까요? 그리고 여러분은 어떻게 해석하셨나요? 수많은 독자들이 주제에 대해 고민하면서, 이 동화의 작품성을 한층 높여 줄 것입니다.

내 문장 속 안데르센

해당 문장은 이 작품의 주제입니다. 영어나 한국어 표현을 보고 자기만의 방식
으로 의역하거나 그대로 필사해 보면서 안데르센의 문장을 사유해 보세요.

sentence 320

As the flames devoured the trunk, the young man felt a sense
of emptiness wash over him. The loss was profound, leaving
him with nothing but memories of the adventures he once
had. It was a moment of realization that material possessions
could vanish, but the experiences and lessons learned would
forever remain with him.

불길이 가방을 집어삼킬 때, 청년은 공허함을 느꼈습니다. 그
상실감은 컸지만, 그에게 한때 있었던 모험에 대한 기억은 남았
습니다. 물질적 소유는 사라질 수 있지만, 배운 경험과 교훈은
영원히 그에게 남아 있을 것이라는 깨달음의 순간이었습니다.

....

....

....

....

....

....

부록

부록을 보면 안데르센이 동화를 선택한 이유에 관해 알 수 있습니다. 이 책에 실린 안데르센의 동화 16편에는 사회, 정치, 종교 등 다양한 분야에 관한 비판적 시각이 담겨 있습니다. 하지만 복잡한 주제나 철학적인 개념을 비유적으로 담아내면서도 독자들에게 부담을 주지 않습니다. 즉, 짧고 유쾌한 동화를 통해 복잡한 교훈을 쉽고 즐겁게 받아들일 수 있게 된 것입니다.

The True Story of
My Life

안데르센, 내 인생의 동화

1805년, 덴마크 오덴세에서 한 아이가 태어납니다. 아이의 이름은 한스 크리스티안 안데르센. 훗날 동화 작가로 이름을 날리게 될 그는 가난한 구두 수선공의 아들로 태어났습니다. 그러나 구두 수선공이었던 아버지가 안데르센이 11살일 때 사망한 뒤로 가족 모두가 일용직 노동자로 일하며 돈을 벌어야 했습니다. 일을 하느라 정규 교육을 받지 못했던 그는 연극배우라는 꿈을 이루기 위해 코펜하겐으로 상경했습니다.

하지만 정규 교육을 받지 못했던 안데르센은 배우에게 중요한 발음이나 문법을 구사하는 데 어려움을 겪었습니다. 결국 연극배우라는 꿈은 포기할 수밖에 없었습니다. 좌절한 안데르센은 삶을 포기하고 싶었지만, 당시 국회의원이었던 요나스 콜린이 '안데르센의 글재주가 좋다'라는 칭찬을 하자, 안데르센은 작가가 되어야겠다는 새로운 꿈을 가지게 됩니다. 꿈이 생긴 그는 라틴어 학교에 입학해 문학을 배우기 시작했습니다. 그러나 라틴어 학교생활도 마냥 순탄하지는 않았습니다.

sentence 321

A mother's arms are more comforting than anyone else's.

어머니의 품은 어떤 사람보다도 위로가 된다.

sentence 322

A happy home is but an earlier heaven.

행복한 가정은 빠른 천국이다.

sentence 323

The family is a haven in a heartless world.

가족은 무정한 세상에서의 안식처이다.

sentence 324

Childhood is the most beautiful of all life's seasons.

어린 시절은 모든 인생 계절 중 가장 아름답다.

The soul is healed by being with children.

어린이와 함께 있음으로써 영혼은 치유된다.

라틴어 학교의 교장은 60세가 넘은 안데르센의 악몽에까지 등장할 정도로 나쁜 기억을 심어 준 사람이었습니다. 그는 안데르센의 모든 창작 활동을 금지하고 저평가했으며, 마지막까지 그에게 악담을 내뱉었습니다.

지옥 같던 학교에서 졸업한 안데르센은 동화가 아닌 소설을 주로 썼습니다. 비록 지금은 동화로 유명한 안데르센이지만, 처음에는 시와 희곡을 집필하며 시인이자 극작가로 활동했습니다. 그를 유명하게 만들어 준 작품 역시 소설이었습니다.

장편소설 《즉흥 시인》은 안데르센의 대표 소설로, 대중과 평론가들에게 호평을 받았습니다. 첫 작품이나 다름없는 소설로 작가로서의 뛰어난 재능을 인정받은 셈이었습니다. 이외에도 여러 소설을 집필했는데, 발간 당시부터 많은 사랑을 받았습니다. 다만 지금은 《즉흥 시인》을 제외하고는 대부분의 소설이 동화에 묻혀 유명하지는 않습니다. 안데르센이 동화 작가의 대명사가 되어 버린 탓입니다. 30세가 된 1835년부터 동화를 쓰기 시작한 안데르센은 아이들을 속이는 글을 쓴다며 비난을 받았습니다.

sentence 326

To be awarded a prize is always an honor, but in this case, it is an honor that truly touches my heart.

상을 받는 것은 항상 영광이지만, 오늘 같은 경우는 진심으로 심금을 울리는 영광입니다.

sentence 327

I am deeply grateful and humbled to receive this prestigious award. It is a recognition that inspires me to continue my creative journey.

저는 이 귀한 상을 받게 되어 깊은 감사와 겸허함을 느낍니다. 이것은 저에게 계속해서 창작의 여정을 이어나갈 수 있게 하는 격려입니다.

sentence 328

Receiving this award is a testament to the power of storytelling and the impact it can have on people's lives.

이 상을 받는다는 것은 이야기의 힘, 그리고 그 힘이 사람들의 삶에 미치는 영향에 대한 증명이라고 생각합니다.

sentence 329

I share this honor with all the individuals who have supported and believed in me throughout my journey as a writer.

작가로서의 여정 동안 저를 지원하고 믿어 준 모든 분들과 함께 이 영광을 나눕니다.

sentence 330

This award not only recognizes my work but also serves as a reminder of the responsibility I have as an artist to touch hearts and inspire minds.

이 상은 제 작품을 인정해 주는 것뿐만 아니라 예술가로서 마음을 움직이고 감동을 줘야 한다는 책임을 상기시키는 역할도 합니다.

1842년, 동화 〈미운 오리 새끼〉가 큰 성공을 거두면서 드디어 모든 사람이 안데르센의 동화 세계에 빠져들게 됩니다. 유명세는 시간이 갈수록 커져 말년에 기념우표 발행, 정부 특별 연금의 수령 등 세계적인 유명 인사가 되었습니다. 안데르센은 여러 나라를 여행하며 작성한 기행문 책자의 작품성도 인정받아 어느 곳에서든 안전하게 머물다 떠나기도 했습니다.

그러던 어느 날, 침대에서 떨어져 다친 뒤로는 제대로 걷지 못하게 되었습니다. 합병증까지 앓는 바람에 그는 70세를 끝으로 세상을 떠났습니다. 그의 장례식은 덴마크의 국왕 크리스티안 9세와 루이세 왕비까지 참석할 만큼 국가 중대사가 되었습니다.

이러한 안데르센의 삶은 살아 있을 때 그만한 인정을 받지 못했다가 사후에 유명해진 수많은 작가들과는 조금 다릅니다. 안데르센의 동화가 세대와 시대를 가리지 않는 보편성을 지녔기 때문일 것입니다.

sentence 331

To be loved by a child is the greatest blessing.

어린이에게 사랑받는 것은 가장 큰 축복이다.

Love knows no age, no boundaries, no distance. It only needs a heart to cherish and a soul to understand.

사랑은 나이도, 경계도, 거리도 알지 못한다. 오직 소중히 여기는 마음과 이해할 영혼만이 필요하다.

To write is to paint a picture for the mind.

글을 쓰는 것은 마음에 그림을 그리는 것이다.

Every writer, all the same, fears that he will write his last book before he has finished his next.

모든 작가는 다음 책을 완성하기 전에 마지막 책을 쓸까 봐 두려워한다.

To write is to express a little bit of your soul.

글을 쓰는 것은 자신의 영혼을 약간 표현하는 것이다.

Life is the most difficult exam. Many people fail because they try to copy others, not realizing that everyone has a different question paper.

인생은 가장 어려운 시험이다. 많은 사람이 다른 사람을 모방하려 하면서 자신만의 문제지가 있다는 사실을 깨닫지 못해서 실패한다.

Enjoy the little things in life, for one day you'll look back and realize they were the big things.

인생의 작은 것들을 즐겨라. 언젠가 돌아보면 그것들이 큰 것들이었다는 것을 깨닫게 될 것이다.

The whole world is a series of miracles, but we're so used to them, we call them ordinary things.

전 세계는 기적의 연속인데, 우리는 그것들에 너무 익숙해서 평범한 일로 생각한다.

Life is like a beautiful melody, only the lyrics are messed up.

인생은 아름다운 멜로디와 같다. 가사만 망가져 있다.

깊은 여운을 남기고, 교훈과 성찰의 여지를 주며, 어린이와 어른 모두가 쉽게 몰입할 수 있는 보편성은 안데르센 동화의 큰 특징이자 매력입니다. 하지만 안데르센의 작품에는 어린 시절의 불우한 환경이나 나쁜 기억들이 반영된 이야기들도 많습니다. 몇몇 작품은 현대에 이야기를 각색하여 아이들의 눈높이에 맞추었지만, 안데르센의 원작은 때로 '잔혹동화'라고 불리기도 합니다.

그렇지만 안데르센은 주변의 인물들을 작품 속 인물로 녹여내 독자들은 그의 작품에서 어떤 친근감을 느낄 수 있습니다. 발단이나 결말이 각색되어 여러 가지 판단을 내릴 수 있다는 점도 마찬가지입니다. 모두 독자에게 친근함을 주기 위한 노력이었습니다.

이처럼 대중들에게 가까워진 안데르센의 작품은 영화나 애니메이션, 발레 등 수많은 각색을 거쳤습니다. 이제 안데르센의 이야기는 덴마크어를 직역하는 대신 영어나 일본어로 번역된 것을 한국어로 읽기 쉽게 다듬고, 국내의 기준과 인식에 맞게 내용을 수정하여 우리와 함께하고 있습니다.

어릴 적 읽었던 동화의 이면들을 알게 되니 어떤가요? 영혼의 위로가 필요할 땐 동화책을 다시 펼쳐보세요. 안데르센은 언제나 우리의 마음속 한 편에 있을 테니까요.

해당 문장은 이 작품의 주제입니다. 영어나 한국어 표현을 보고 자기만의 방식으로 의역하거나 그대로 필사해 보면서 안데르센의 문장을 사유해 보세요.

sentence 340

Life itself is the most wonderful fairy tale.

인생 그 자체가 가장 훌륭한 동화이다.

....

....

....

....

....

....

에필로그

이 책은 안데르센이 집필한 160여 편가량의 동화 중 잔혹함을 담고 있는, 독특한 동화들만 모아 집필한 도서입니다. 안데르센은 그의 동화 속에 생명의 본질, 인간성, 용기, 사랑과 희생까지, 사람이라면 누구나 고민할 삶의 가치들을 담아냈습니다. 사람들이 동화를 읽음으로써 삶의 비애를 극복할 수 있는 강인함과 진정한 자아를 찾아가길 바랐던 것이겠지요.

대부분의 동화가 삶의 따듯하고 희망적인 부분에 대해서 그리고 있는 반면, 안데르센은 어둠과 빛, 희생과 보상, 인간성과 비인간성이라는 상반된 모습들을 모두 그려내고 있습니다. 자신의 삶에서 자신을 좌절시켰던, 부정적인 이야기들도 전달하고자 했던 것이 아닐까 생각합니다. 어떤 날에는 빛이 비치고, 어떤 날에는 비가 오기도 하는 세상의 이치처럼 말이죠.

안데르센의 동화를 읽음으로써 사람들은 자기 자신과 타인을 이해하고, 어려운 상황 속에서도 스스로를 찾고 존중하는 방법에 대해 생각하게 됐을 겁니다. 이것이 많은 사람이 오랫동안 그의 동화에 빠질 수밖에 없는 이유일 것입니다. 그의 이야기들은 독자들이 자신의 삶을 더욱 풍요롭게 만드는 방법을 고민할 기회를 제공합니다.

비록 그의 동화들은 오래전에 쓰였지만, 그가 이야기하는 인생의 교훈은 변함없이 우리 삶에 녹아들 수 있습니다. 세상이 발전했고, 훨씬 문명사회가 되었지만 그럼에도 사람들이 추구하는 가치와 사람들 간의 관계의 본질은 변치 않았기 때문입니다.

이 책을 읽는 독자들이 동화를 통해 자신만의 가치를 발견하고, 새로운 삶의 의미를 얻길 바랍니다. 안데르센의 문장을 통해서 교훈을 더 쉽게 이해하고 부정적인 것들을 경계하며, 긍정적으로 바꿀 힘을 길러서, 인간 본성에 대해 깊이 있게 통찰할 기회가 되기를 바랍니다.

안데르센 작품 연대표

안데르센, 잔혹동화 속 문장의 기억

선과 악, 현실과 동화를 넘나드는 인간 본성

초판 1쇄 발행 2024년 5월 7일

엮음 편역 | **박예진**

기획 편집 총괄 | **호혜정**

편집 | **이보슬**

기획 | **김민아**

디자인 | **정나영**

교정교열 | **손하현 이정화 김수하**

마케팅 | **이지영 김경민**

펴낸곳 | **센텐스 (Sentence)**

주소 | **서울시 용산구 원효로 162 세원빌딩 606호**

이메일 | **ritec1@naver.com**

홈페이지 | **http://www.ritec.co.kr**

ISBN | **979-11-86151-68-6 (03850)**

센텐스는 리텍콘텐츠 출판사의 문학 · 에세이 단행본 브랜드입니다.

상상력과 참신한 열정이 담긴 원고를 보내주세요. 책으로 만들어 드립니다.
원고투고: ritec1@naver.com